U0125300

中华蒙学经典

张立敏 译注

千家诗

中华书局

目　录

卷二 七律

卷三 五绝

卷四　五律

前　言

　　现代人常常提到的蒙学读物是"三百千千"，就是《三字经》、《百家姓》、《千字文》、《千家诗》。其中，《千家诗》是明清两朝流传极广、影响深远的儿童普及读物。它从一开始就受到广大读者的青睐，而"千家诗"这个书名更是广被采用，例如清代有《国朝千家诗》、《续千家诗》，民国间有《醒世千家诗》，当代又出现《官厅湖畔千家诗》、《岭南千家诗》、《当代江苏千家诗》、《五朝千家诗》、《少儿现代千家诗》、《中国现代千家诗》、《中日友好千家诗》、《外国千家诗》等，不一而足，蔚为大观，足见"千家诗"的影响。

　　今天通行本的《千家诗》定型于清代，由两部分组成，即《七言千家诗》和《五言千家诗》，严格地说它们是由不同时代、不同作者选编而成的。《七言千家诗》何时成书、选编者为何人？至今仍是一个难以解开的谜。但是基本可以确定它最迟成书于明初，在明代朝野已经非常盛行。由于"千家诗"的影响，明末清初的一位醉心启蒙教育的选编者王相不仅为《七言千家诗》作注，还按照前者的编排方法编注唐代五言诗为《新镌五言千家诗》（绝句39首，律诗45首）。

　　王相，字晋升，江西临川人，热心于启蒙教育，编有《女四书》，注过《三字经》、《百家姓》、《增订广日记故事》等。尽管《七言千家诗》

体现了宗尚宋诗的倾向，《五言千家诗》却是唐诗选本，但是后人还是将两书合刊，总称《千家诗》。合刊本《千家诗》为四卷本，共有诗人 122 家 226 首，其中唐 65 家，宋 53 家，明 2 家，年代不可考无名氏 2 家，杜甫 25 首，李白 8 首，遂成为清代最流行的本子，原来的《七言千家诗》逐渐地退出历史舞台。

《千家诗》的盛行与其内容与选编方式有关。无论是七言诗部分还是五言诗部分，都有一个明确的读者群体预设或者说市场定位，那就是服务于初学者。在一个重视诗歌的国度里，它撷取篇幅短小、易于记诵的五、七言近体诗；所选诗人不拘大家名家，既有一流诗人、帝王将相，也有无名氏作者打油诗；题材多样，山水景物、赠友送别、思乡怀人、吊古伤今、咏物题画、侍宴应制，较为广泛地反映了唐宋时代的社会现实；尤其是按诗体分类，以四季节令为序，体现了农耕社会四季生活（士人生活为主）的方方面面，部头不大，似一部微型的古代文人生活百科全书。因而它不仅适合童蒙学习诗歌，而且便于阅读者短时间内了解社会生活，为今后踏入广阔的生活提供一个认识基础与思想准备。这或许是它超越时代诗歌风尚而盛行的一个原因。

在明清时期，《千家诗》渗透人们的生活，成为日常生活、娱乐的一部分。凌濛初《二刻拍案惊奇》卷一《进香客莽看金刚经，出狱僧巧完法会分》写众人好奇何以一本经书值 50 石米，僧辨悟以经书是白侍郎手迹众人不识为借口相拒绝，旁边有位叫黄撮空的私塾先生说："师父出言太欺人！甚么白侍郎黑侍郎，便道我们不认得？那个白侍郎，名字叫得白乐天，《千家诗》上多有他的诗，怎欺负我不晓得？我们今日难得同船过湖，也是个缘分，便大家请出来看看古迹。"由此可见，《千家诗》在普及文化知识方面的巨大作用。

而在饮酒宴会时，人们甚至采用其中的诗句作酒令。明无名氏撰《笑海千金》载：

　　昔一县尹与县丞爱钱，主簿极清。一日同饮酒，至半酣，县尹遂设一酒令：要《千家诗》一句，下用俗语二句，其意须相属。尹首道："旋斫生柴带叶烧，热灶一把，冷灶一把。"丞接道："杖藜扶我过桥东，左也靠着你，右也靠着你。"主簿托意嘲道："梅雪争春未肯降，原告一两三，被告一两三。"

宴会时文人常取其中诗句作酒令，这就是形形色色的"千家诗"酒令，清代成为时尚。据清代佚名《新刻时尚华筵趣乐谈笑酒令》记载，有"《千家诗》贯《西厢》曲令"、"《千家诗》贯《千字文》令"、"古人名贯《千家诗》令"、"小春贯《千家诗》令"（卷二），"《千家诗》贯曲牌、古诗令"（卷三），"骨牌名破《千家诗》句令"、"官名破《千家诗》句令"（卷一）等。《红楼梦》第一百零八回，贾母带着邢、王二夫人等行酒令时，行的便是"骨牌名破《千家诗》句令"。薛姨妈掷的骰子是四个幺"商山四皓"，年纪大的贾母、李婶娘、邢王二夫人都该喝一杯。贾母举酒要喝，鸳鸯道："这是姨太太掷的，还该姨太太说个曲牌名儿，下家儿接一句《千家诗》。说不出的罚一杯。"

民间还根据《千家诗》诗意作画，装饰彩灯。张岱《陶庵梦忆》卷六记载绍兴灯景之盛，为海内所夸，说"十字街搭木棚，挂大灯一，俗曰'呆灯'，画《四书》、《千家诗》故事，或写灯谜，环立猜射之"。

时至今日，《千家诗》依然受到广大读者的喜爱。在电子商务、网络文化流行的时代里，依然散发着不可替代的光芒，有着自己独特的魅力。

本书以上海锦章书局石印本《绘图千家诗注释》为底本，足本注释，疑难词句以及典故给以解释说明。此外，每首诗作一个简单的题解，考证写作时间，概述诗歌主旨。凡文字有明显错误的，直接改动，如"十里莺啼绿映红"；文字异同和《千家诗》作者署名有误的，均参校诗人别集、总集、选集，如《韩昌黎诗系年集释》、《全唐诗》、《宋诗纪事》等进行校勘，并注明异同文字并直接改正署名。凡是题目《千家诗》与别集、总集及今存诗歌最早出处不一致的，一般不予更改，只在注释中说明。个别情况直接改动题目，在注释中说明《千家诗》题目。在校对文字、注释及作品辨伪、系年上，尽可能汲取今人研究成果，以期最大程度地减少错误。其中的《千家诗》原文，以大字号排出，并加注规范的汉语拼音，以助朗读记诵。不当之处，敬请方家指正。

张立敏

2012 年 7 月于翠微

卷一　七绝

春日偶成 ①
chūn rì ǒu chéng

程 颢 ②
chéng hào

云 淡 风 轻 近 午 天 ③，
yún dàn fēng qīng jìn wǔ tiān

傍 花 随 柳 过 前 川 ④。
bàng huā suí liǔ guò qián chuān

时 人 不 识 余 心 乐 ⑤，
shí rén bù shí yú xīn lè

将 谓 偷 闲 学 少 年 ⑥。
jiāng wèi tōu xián xué shào nián

【注释】

①诗题一作《偶成》，作于公元1058—1062年春程颢任陕西鄠县主簿时。诗人以清丽的语言描绘出春光融融的景象，通过自己的游赏之乐被"时人"误解，用反衬的手法抒写了诗人的闲适自得之乐，表达了理学家对平淡自然境界的追求。

②程颢(hào，1032—1085)：字伯淳，号明道，北宋理学家、教育家，洛阳(今属河南)人，学者称明道先生。与其弟程颐奠定了北宋理学基础。他和程颐的学说为朱熹所继承和发展，世称"程朱学派"。

③午天：正午时分。

④傍花随柳：穿行于花柳之间。傍，一作"望"。傍，依靠。川：平原或河畔。

⑤时人：一作"旁人"。识：知道。余：一作"予"。

⑥将：乃，于是，就。

3

春日①
chūn rì

zhū xī
朱熹②

shèng rì xún fāng sì shuǐ bīn
胜日寻芳泗水滨③，

wú biān guāng jǐng yī shí xīn
无边光景一时新。

děng xián shí dé dōng fēng miàn
等闲识得东风面④，

wàn zǐ qiān hóng zǒng shì chūn
万紫千红总是春⑤。

【注释】

①这是一首哲理诗，而一般被认为是游赏之作，诗通篇用比体，用诗人探寻春天以及对春天的勃勃生机的感受来讲明一个道理：只要进了孔圣之门，懂得了儒家真谛，就能领略到无边生机。

②朱熹（1130—1200）：字元晦，一字仲晦，号晦庵、晦翁、考亭先生、云谷老人、沧洲病叟、逆翁，别称紫阳。宋代著名理学家、教育家，中国思想史上最有影响力的哲学家之一。生平主要从事著述和讲学，是宋代理学集大成者。

③胜日：原指节日或亲朋相

胜日寻芳泗水滨，无边光景一时新

聚的日子，这里指美好的日子，天气晴朗的日子。寻芳：看花观景。泗水：在今山东省中部，源于泗水县东部陪尾山下，由趵突、响水、洗钵、红石四大泉汇流而成，与运河相通，因四源并发而名。出县境后吸纳了西沂水、险水、汴水等，成为淮河下游最大支流。因此，历史上常把泗河与淮河并称为"淮泗"。因为孔子曾经在洙水、泗水聚徒讲学，所以后世用为孔子与儒家的典故。

④等闲识得：容易识别。等闲，寻常，随便，到处。东风：春风，此指春天。

⑤万紫千红：形容色彩缤纷。总是：都是。

春　宵①

苏轼②

春宵一刻值千金③，
花有清香月有阴。
歌管楼台声细细④，
秋千院落夜沉沉⑤。

【注释】

①诗题一作《春夜》。这首诗用警醒的语句单刀直入，点明主旨，富于哲理意味，接着以欢快流畅的语言从嗅觉、视觉、听觉描写春天夜空中的花香、月影以及楼台上的歌管声，抒发了浓郁的惜春之情。

②苏轼（1037—1101）：字子瞻，一字和仲，号东坡居士，眉山（今

属四川）人。与父苏洵、弟苏辙为北宋散文名家，同列唐宋八大家，被称为"三苏"。擅长词，是宋代豪放词的开山人物，同时风格多样，发展了婉约词，扩大了婉约词的题材，提高了婉约词的格调。工书画。

③春宵一刻值千金：用夸张的手法写出惜春之意。春宵，春夜。一刻，古代计时单位，一昼夜为一百刻。

④歌管：歌唱的声音和乐器的演奏声。管，管乐器，如笛、箫之类。

⑤院落：庭院。沉沉：形容夜很深了。

chéng dōng zǎo chūn
城　东　早　春①

yáng jù yuán
杨 巨 源②

shī jiā qīng jǐng zài xīn chūn
诗 家 清 景 在 新 春③，

lǜ liǔ cái huáng bàn wèi yún
绿 柳 才 黄 半 未 匀④。

ruò dài shàng lín huā sì jǐn
若 待 上 林 花 似 锦⑤，

chū mén jù shì kàn huā rén
出 门 俱 是 看 花 人⑥。

【注释】

①这首诗吟咏早春，用细腻的笔触通过对柳色的描绘写出了早春的清新可人，抒发了对早春的偏爱。尽管繁花似锦有它的佳处，可是游人如织过于喧闹，并不是诗人所喜爱的。对比的手法显示出了诗人清远含蓄的审美意趣，这其实也是中国文人含蓄品质的一个表现。

②杨巨源（755—832）：唐代诗人，字景山，后改名巨济，河中

（今山西永济）人。其诗著名于元和长庆间，为同时诗家所推重。

③诗家：诗人。清景：清新的景色。

④绿柳才黄半未匀：此句写柳树刚显现出鹅黄色，色泽还不鲜艳。匀，均匀。

⑤上林：古代皇家园林上林苑，故址在今陕西西安。

⑥俱：都。

春　夜①

王安石②

金炉香尽漏声残③，
剪剪轻风阵阵寒④。
春色恼人眠不得⑤，
月移花影上栏杆。

【注释】

①诗题一作《夜值》，宋代制度，翰林学士每夜轮流一人在学士院里值班留宿。王安石于英宗治平四年（1067）九月为翰林学士，宋神宗熙宁元年（1068）四月到京师。此诗写于熙宁二年（1069）初春。这首诗写入翰林院值夜班的感受。早春的天气，轻风吹拂，晓寒微侵，最能给人以春的气息；月的清阴、花的芬芳，令春风得意的诗人激动不已，不由得走出屋子，陶醉于宫禁的美好春色中。作者一般认为是王安石，周紫芝《竹坡诗话》则认为是王安石弟王安国。

春色恼人眠不得，月移花影上栏杆

②王安石（1021—1086）：北宋著名政治家、文学家。字介甫，晚号半山。抚州临川（今属江西）人。诗多指陈现实，有感而发。如《河北民》。退隐后，诗歌转为描写山光水色。

③炉：香炉。漏声残：天将亮。漏为古代计时工具，以铜壶等容器盛水，使之滴入有刻度的器具中，看器具中盛水的情况来计时。

④剪剪：形容春风轻微。

⑤春色恼人：春色撩人。

chū chūn xiǎo yǔ
初春小雨①

hán yù
韩愈②

tiān jiē xiǎo yǔ rùn rú sū
天　街　小　雨　润　如　酥③，

cǎo sè yáo kàn jìn què wú
草　色　遥　看　近　却　无。

zuì shì yī nián chūn hǎo chù
最　是　一　年　春　好　处④，

jué shèng yān liǔ mǎn huáng dū
绝　胜　烟　柳　满　皇　都⑤。

【注释】

①诗题一作《早春呈水部张十八员外》，张十八员外指任水部员外郎的张籍。这首诗写于唐穆宗长庆三年（823）初春的长安。诗用极其细腻的笔法，巧妙地运用通感与错觉，描绘出春雨的独特感受与不易为人察觉的春色，抒发了对早春的喜爱。而诗中描绘出草色若隐若现的妙趣，既符合自然规律又颇具哲理趣味，历来受人推崇。

②韩愈（768—824）：唐代著名文学家、哲学家。字退之，河南河阳（今属河南）人。因他的先世曾居昌黎（今辽宁义县），故韩愈也自称昌黎人，世称"韩昌黎"。

③天街：御街，帝都街道。酥：奶酪，这里比喻春雨的滋润。

④处：时，在诗词中多作时间用，不作地点解。

⑤绝胜：绝对超过。皇都：京城。

yuán rì
元 日 ①

wáng ān shí
王 安 石

bào zhú shēng zhōng yī suì chú
爆 竹 声 中 一 岁 除 ②，

chūn fēng sòng nuǎn rù tú sū
春 风 送 暖 入 屠 苏 ③。

qiān mén wàn hù tóng tóng rì
千 门 万 户 曈 曈 日 ④，

zǒng bǎ xīn táo huàn jiù fú
总 把 新 桃 换 旧 符 ⑤。

【注释】

①元日：元旦，农历正月初一，是我国最为隆重的传统节日，象

征着旧年的结束、新年的开始。旧俗家家放爆竹，换桃符，饮屠苏。这首诗用简明轻快的语言、白描的手法，把元日的习俗、人们除旧布新的喜悦、欢庆热闹的气氛、对未来的憧憬融入诗中，描绘出新年伊始举国上下一派欢欣鼓舞热闹非凡的景象。

②除：过去。

③屠苏：一种美酒，古人在酒里泡屠苏草、肉桂、山椒等，故有此名。唐宋有正月初一饮屠苏酒的习俗，据说可以除灾避邪。

④曈曈（tóng）：形容太阳初升的样子。

⑤桃：桃符，用桃木做的木匾，上画神像，如钟馗、秦琼等，古代元旦更换，用来驱邪。桃符后来演化为春联。

shàng yuán shì yàn
上 元 侍 宴 ①

sū shì
苏 轼

dàn yuè shū xīng rào jiàn zhāng
淡 月 疏 星 绕 建 章 ②，
xiān fēng chuī xià yù lú xiāng
仙 风 吹 下 御 炉 香 ③。
shì chén hú lì tōng míng diàn
侍 臣 鹄 立 通 明 殿 ④，
yī duǒ hóng yún pěng yù huáng
一 朵 红 云 捧 玉 皇 ⑤。

【注释】

①这首诗是苏轼《上元侍饮楼上呈同列》三首的第一首，是首应制诗，内容上除了歌功颂德之外，通过生动形象的比喻，如天鹅的站立、红云缭绕，描绘出一幅庄严肃穆尊贵气派的画面。诗人围绕歌颂

这一主题，采取了由外及里、由物及人层层推进的顺序，视线先由天上转移到殿前，再由殿前进入殿中，最后定格于歌颂对象皇帝身上，点出诗歌的主题，层次分明，次序井然。上元：节日，农历正月十五。

②建章：汉宫名，故址在今西安市西，此指北宋皇宫（在汴梁，今属河南开封）。

③御炉：皇帝用的香炉。

④鹄立：像天鹅一样立着，形容肃立的样子。鹄，天鹅，因其站立时总是伸直脖子，故用来形容站立时的端正恭敬。通明殿：传说中玉皇大帝的宫殿，此指皇帝临朝大殿。

⑤玉皇：天帝，此指皇帝。

lì chūn ǒu chéng
立 春 偶 成 ①

张 栻 ②

lǜ huí suì wǎn bīng shuāng shǎo
律 回 岁 晚 冰 霜 少 ③，
chūn dào rén jiān cǎo mù zhī
春 到 人 间 草 木 知 。
biàn jué yǎn qián shēng yì mǎn
便 觉 眼 前 生 意 满 ④，
dōng fēng chuī shuǐ lǜ cēn cī
东 风 吹 水 绿 参 差 ⑤。

【注释】

①诗题一作《立春日禊厅偶成》。这首即兴之作以"律回"为契机，捕捉春回大地的气息，通过春草、春树、春水写出"一元复始，万象更新"，昭示春意盎然的景象。立春：二十四节气之一。一般在阳历

11

二月三、四或五日。

②张栻（shì, 1133—1180）：字敬夫，又字钦夫，号南轩，祖籍汉州绵竹（今属四川），寓居衡阳（今属湖南），为南宋中兴名将张浚之子。与朱熹、吕祖谦为友，史称"东南三贤"。

③律回：节令回转，又指新春伊始。律，律历，古代以十二乐律配十二月令。相传黄帝命伶伦（古乐官名，世掌乐官）断竹为筒（后人多用金属管），以定音和候十二月之气。阳六为律，即黄钟、太簇、姑洗、蕤宾、夷则、无射；阴六为吕，即大吕、夹钟、仲吕、林钟、南吕、应钟。农历十二月属吕，正月属律，立春往往在十二月与一月之交，所以曰"律回"。

④生意：生机。

⑤参差（cēn cī）：不平衡或不整齐的样子，此指风吹绿水所产生的水纹相接之状。

dǎ qiú tú
打球图①

cháo yuè zhī
晁说之②

chāng hé qiān mén wàn hù kāi
阊阖千门万户开③，

sān láng chén zuì dǎ qiú huí
三郎沉醉打球回④。

jiǔ líng yǐ lǎo hán xiū sǐ
九龄已老韩休死⑤，

wú fù míng zhāo jiàn shū lái
无复明朝谏疏来⑥。

【注释】

①诗题一作《题明王打球图》，又作《明皇打球图》。马球又称婆罗球，由西域传入，为帝王权贵所喜爱，唐代文献中有多处玄宗打马球的记载。这首诗写了诗人观看一幅描绘唐玄宗打球的图画后的感触，以唐喻宋，借古讽今。画这幅图的画家构思十分巧妙，抓住唐玄宗打球带醉态回宫这一时刻并把它置于阔大的场面中，来反思唐帝国的衰亡。而当时正是北宋后期，宋徽宗也是耽于蹴鞠之乐，整日不理朝政。人们不难理解到诗人对现实的反思与慨叹。

②晁说之（1059—1129）：字以道，一字伯以，济州巨野（今山东巨野）人，因慕司马光为人，自号景迂生。

③阊阖（chāng hé）：传说中的天门，此指宫门。屈原《楚辞·离骚》："吾令帝阍开关兮，倚阊阖而望予。"王逸注："阊阖，天门也。"千门万户：描写帝都的常用词。

④三郎：唐玄宗小字。因其排行第三，故称。

⑤九龄：张九龄（673—740），唐开元名相、诗人。字子寿，又名博物，韶州曲江（今广东曲江）人。张九龄为相贤明，刚直不阿，敢于

阊阖千门万户开，三郎沉醉打球回

直谏，主张用人不循资格，又置十五道采访使以察州县。韩休：也是玄宗前期忠直敢谏的名相。京兆长安（今陕西西安）人。性耿直，敢进谏，宋璟誉为"仁者之勇"。

⑥无复：不再有。谏疏：谏书，条陈得失的奏章。

宫 词①

王 建②

金殿当头紫阁重③，
仙人掌上玉芙蓉④。
太平天子朝元日，
五色云车驾六龙⑤。

【注释】

①这是首应制诗，抓住帝王乘驾出现这一瞬间，通过描绘宫殿建筑的雄伟壮观、雍容华丽与帝王车驾的皇家气派，歌咏太平天子祭祀典礼。宫词：是唐代诗歌中常用的诗题，描写宫中生活，内容大多描写深宫中宫女的忧愁和哀怨，形式一般为五言或七言绝句。其中以王建的《宫词百首》最为出名。

②王建（约767—831）：字仲初，颍川（今河南许昌）人。出身寒微。与张籍齐名，称"张王乐府"。又写过宫词百首。

③紫阁：华丽的楼阁，帝王居所，这里指朝元阁，是唐朝天子朝上帝的地方，位于华清宫老君殿北。

④仙人：朝元阁铜铸仙人。汉武帝迷信神仙，于建章宫筑神明台，立铜仙人舒掌捧铜盘承接甘露，冀饮以延年。后三国魏明帝也在芳林园置承露盘。自从汉武帝建金铜仙人承露盘后，仙人掌、玉芙蓉便成为宫禁的标志之一，同时也就成为描写宫中生活的常用词。

⑤五色云车：传说中仙人的车乘。仙人以云为车，故称。此处指帝王銮舆。六龙：神话传说日神乘车，驾以六龙，羲和为御者。古代天子的车驾为六马，马八尺称龙，因以为天子车驾的代称。

廷　试①

夏竦②

殿　上　衮　衣　明　日　月③，

砚　中　旗　影　动　龙　蛇④。

纵　横　礼　乐　三　千　字⑤，

独　对　丹　墀　日　未　斜⑥。

【注释】

①这首诗写参加特谏科殿试的情景，首句写帝王端坐，龙袍灿烂夺目，次句写两列仪仗，彩旗飘飘，三句写自己答卷时挥毫如飞，末句写日未落已答完题，心情畅快，如春风拂面，得意洋洋。

②夏竦（985—1051）：字子乔，江州德安（今属江西）人。

③衮（gǔn）衣：古代帝王及上公绣龙的礼服，这里指皇帝的礼服。

④砚中旗影动龙蛇：此句描写龙旗上的动物映在砚中的动态。

⑤礼乐：礼仪和音乐。古代帝王常用兴礼乐为手段以求达到尊卑有序、远近和合的统治目的。《礼》、《乐》又与《诗》、《书》、《易》、《春秋》并称六经，为儒家经典文献。这里礼乐指符合儒家经典的文字。

⑥独对：宋朝有特荐科，对策称旨者，特赐进士及第，称为独对。丹墀（chí）：指宫殿的赤色台阶或赤色地面。

咏 华 清 宫 ①

杜 常 ②

行 尽 江 南 数 十 程，
晓 风 残 月 入 华 清③。
朝 元 阁 上 西 风 急④，
都 入 长 杨 作 雨 声⑤。

【注释】

①这是首咏史诗，通过描写游览华清宫所见，放眼尽是凄凉，抒发了历史兴亡与繁华不再的感慨。

②杜常：宋朝诗人，字正甫，卫州（今河南卫辉）人，昭宪皇后族孙，英宗治平二年（1065）进士。

③"行尽"以下两句：首句写自己急匆匆地从江南一路赶来，急于观赏华清宫的美景；次句用白描的手法写出华清宫一片凄凉冷清景象，句意陡转急下，形成巨大反差。华清，即华清宫，唐代离宫，以温

泉汤池著称，在今陕西临潼骊山北麓。据文献记载，秦始皇曾在此"砌石起宇"，西汉、北魏、北周、隋诸多朝代曾在此处建汤池。唐贞观十八年（644）太宗皇帝诏令在此造殿，赐名汤泉宫。天宝六载（747）改名华清宫。当时这里台殿环列，盛况空前，但安史之乱后皇帝很少游幸。至唐末废圮，五代成为道观。

④朝元阁：宫殿名，在华清宫内。

⑤长杨：秦汉离宫。初建于秦昭王时，因宫中有垂杨数亩而得名。长杨宫位于今周至城东30里的终南镇竹园头村。长杨宫为皇帝游猎场所，秦亡后保存相对完整，到了西汉帝王们也常去游幸。汉成帝时，扬雄为谏讽游猎，以长杨宫为名，写有《长杨赋》。东汉后，长杨宫逐渐衰落。

qīng píng diào cí
清 平 调 词①

李 白 ②
lǐ bái

云 想 衣 裳 花 想 容 ③，
yún xiǎng yī cháng huā xiǎng róng

春 风 拂 槛 露 华 浓 ④。
chūn fēng fú jiàn lù huá nóng

若 非 群 玉 山 头 见 ⑤，
ruò fēi qún yù shān tóu jiàn

会 向 瑶 台 月 下 逢 ⑥。
huì xiàng yáo tái yuè xià féng

【注释】

①诗作于唐玄宗天宝二年（743），李白待诏翰林，时唐玄宗与杨贵妃于兴庆宫沉香亭前赏牡丹，命李白赋诗咏之，李白援笔而就，

云想衣裳花想容，春风拂槛露华浓

立进《清平调》三章。玄宗令梨园弟子"抚丝竹以促歌"，"帝自调玉笛以倚曲"。《清平调》诗原三首，此选其一。这首诗用比喻、夸张、拟人等修辞手法，以盛开的牡丹比喻杨玉环，以杨玉环比盛开的牡丹，又将杨玉环比作天上的仙女下凡，赞美杨玉环的美貌，故而深得玄宗喜爱。清平调：唐大曲中调名，后为词牌名。

②李白（701—762）：字太白，号青莲居士。祖籍陇西成纪（今甘肃静宁西南），隋末其先人流寓碎叶（今吉尔吉斯斯坦北部托克马克附近）。幼时随父迁居绵州昌隆县（今四川江油）青莲乡，二十五岁起"辞亲远游"，仗剑出蜀。天宝初，至长安，拜见贺知章。知章见其文，叹道："子谪仙人也。"并在唐玄宗面前赞不绝口，唐玄宗在金銮殿召见，李白当场写赋一篇。唐玄宗赐膳，亲自为他调羹，诏供奉翰林。后李白恳求还山，玄宗赐金放还。乃浪迹江湖，终日沉饮。永王李璘都督江陵，辟为僚佐。李璘谋乱，兵败，李白亦被放夜郎，后遇赦得还。文宗时，诏以李白歌诗、裴旻剑舞、张旭草书为"三绝"。

③云想衣裳花想容：以明喻的手法写出杨玉环的美貌。想，像，似。

④拂：抚摸，拟人手法。槛：栏杆。露华浓：带露水的牡丹更鲜

艳。华,同"花",此指牡丹。

⑤若非:如果不是。群玉:山名,神话传说中西王母居住的地方,因山中多玉故有此称号。

⑥会:必然,一定是。瑶台:西王母居住的宫殿。

tí dǐ jiān bì
题邸间壁①

zhèng huì
郑 会②

tú mí xiāng mèng qiè chūn hán
荼蘼香梦怯春寒③,
cuì yǎn chóng mén yàn zǐ xián
翠掩重门燕子闲。
qiāo duàn yù chāi hóng zhú lěng
敲断玉钗红烛冷④,
jì chéng yīng shuō dào cháng shān
计程应说到常山⑤。

【注释】

①这是一首题壁诗,作者题写于旅行途中所住的旅馆房间墙壁上。诗用凄清的景物描写渲染内心的寂寞,通过设想妻子深夜惦念羁旅行程表达客居他乡的游子思念妻子之心。邸(dǐ):旅舍。

②郑会:南宋人,字文谦,一字有极,号亦山,贵溪(今属江西)人。少游朱熹、陆九渊之门。宁宗嘉定四年(1212)进士。

③荼蘼(tú mí):一作"酴醾",花名,又叫木香、佛见笑。蔷薇科,春末夏初开放,一叶三花,白色,有清香。

④玉钗:玉簪。

⑤计程:计算行程。常山:地名,今河北正定,一作在今浙江。

jué jù
绝　句①

dù fǔ
杜 甫②

liǎng gè huáng lí míng cuì liǔ
两 个 黄 鹂 鸣 翠 柳③，
yī háng bái lù shàng qīng tiān
一 行 白 鹭 上 青 天④。
chuāng hán xī lǐng qiān qiū xuě
窗 含 西 岭 千 秋 雪⑤，
mén bó dōng wú wàn lǐ chuán
门 泊 东 吴 万 里 船⑥。

【注释】

①这首诗写于唐代宗广德二年（764）暮春，安史之乱后杜甫重返成都浣花溪草堂，写了《绝句四首》，这是第三首。诗生动地描绘了浣花溪畔草堂附近的优美景色，有近景，有远景，有静态，有动态，有残雪覆盖的巍峨岷山，有奔腾不息的长江，色彩绚丽，语言明快，字里行间充溢着对美好自然的热爱，充满奋发向上的精神，含蓄地表达出国家甫定后的喜悦。

②杜甫（712—770）：字子美，其祖先为襄阳人，是杜审言嫡长孙。安禄山陷京师，肃宗即位灵武，杜甫自贼中遁赴行在，拜左拾遗。严武与杜甫为世交，严武镇成都，奏为参谋、检校工部员外郎。杜甫在成都浣花里种竹植树，靠江结庐，纵酒啸歌其中。晚年漂泊鄂、湘一带，贫病而卒。元和年间，归葬偃师首阳山，元稹为他撰写墓志。在天宝年间，杜甫与李白齐名，时称"李杜"。杜甫诗歌以忠君忧国、伤时念乱为本旨，用沉痛之笔记录"安史之乱"前后这段历史，读其诗可以知其世，故当时谓之"诗史"。

③黄鹂（lí）：黄莺。

④白鹭（lù）：鹭鸶，羽毛纯白。

⑤窗含：窗户对着雪山，好像口含一样。西岭：泛指岷山，在成都西。岷山雪岭，积雪终年不化，故称"千秋雪"。

⑥东吴：今江浙一带，古称东吴。万里船：来去江南的船只。万里，虚指行程，非实际数字。

海　棠①
hǎi　táng

sū shì
苏 轼

dōng fēng niǎo niǎo fàn chóng guāng
东 风 袅 袅 泛 崇 光②，

xiāng wù kōng méng yuè zhuǎn láng
香 雾 空 蒙 月 转 廊③。

zhǐ kǒng yè shēn huā shuì qù
只 恐 夜 深 花 睡 去④，

gù shāo gāo zhú zhào hóng zhuāng
故 烧 高 烛 照 红 妆⑤。

【注释】

①诗作于宋神宗元丰三年（1080）至元丰七年（1084）之间，苏轼因乌台诗案被贬黄州，任团练副使。一说作于元丰三年（1080），苏轼贬黄州，寓居定慧院时。这是首咏物之作，前两句写物，从视觉、嗅觉角度描写，表现了月色朦胧的夜晚，微风吹拂之下，海棠花摇曳多姿，香气弥漫；后两句写诗人的情态，因为害怕海棠在深夜中睡去，所以特意点上高高的蜡烛，传神地写出诗人的痴情、海棠的美丽；典故的运用拓宽了想象的空间。

②东风：春风。袅袅（niǎo）：形容微风吹拂的样子。崇光：春光。

③空蒙：一作"空濛"，雾气迷蒙。廊：回廊、走廊。

④"只恐"以下两句：写人与花对话，怕花睡去；燃亮烛火，近赏红妆。这种痴语与顽行写出了苏轼对这株无人观赏的海棠的痴情。只恐，只怕，只是担心。故，因此。红妆，女子盛装，此处喻指海棠。据《明皇杂录》载，唐玄宗在沉香亭，要召见杨贵妃，而她酒醉未醒。等到高力士和侍女将她挽扶来后，仍然是醉眼朦胧，鬓乱钗横，衣冠不整。见此情景，玄宗笑道："岂是妃子醉耶？真海棠睡未足耳。"唐玄宗是以花喻人，苏轼这里以人喻花。

清　明 ①

杜 牧 ②

清明时节雨纷纷，

路上行人欲断魂 ③。

借问酒家何处有 ④，

牧童遥指杏花村 ⑤。

【注释】

①这首诗描写清明时节的天气特征，抒发了孤身行路之人的情绪和希望以及欣喜与兴奋。清明在我国古代是个大节日，照例该家人团聚，一起上坟祭扫，或踏青游春。而诗歌中行人孤身一人，在陌生的地方赶路，心里的滋味已不好受，偏偏又淋了雨，心境就更加凄迷

清明时节雨纷纷，
路上行人欲断魂

纷乱了。于是想在附近找个酒家，歇歇脚，避避雨，饮点酒，解解寒，同时借酒驱散心中的愁绪。这时遇到一个牧童，得知在一片红杏盛开的树林里，有一处酒家。其内心的欣喜之情可想而知。

②杜牧（803—852）：字牧之，京兆万年人，唐朝著名诗人。刚直有奇节，不为龊龊小谨，敢论列大事，指陈病利尤切。其诗情致豪迈，人号为"小杜"（"老杜"为杜甫）。

③断魂：销魂，愁苦伤心到极点。

④借问：请问，向人问路。

⑤遥指：指着远处。杏花村：杏花深处的村庄。

清明①

王禹偁②

无花无酒过清明，
兴味萧然似野僧③。
昨日邻家乞新火④，
晓窗分与读书灯。

【注释】

①这首诗以清明佳节为背景，在他人插柳赏花、踏青饮酒之时，诗人却像山僧一样过着萧条冷清的日子，新乞得火种，便挑灯夜读，直到拂晓。全诗运用衬托、对比手法，描绘出清贫寒士发奋攻读的情形。宋谢维新《古今合璧事类备要》卷十六认为作者是魏野，《宋诗纪事》卷十从之。

②王禹偁（954—1001）：字元之，济州巨野（今山东巨野）人。作者一作魏野。魏野（960—1019），字仲先，陕州陕（今河南陕县）人，北宋诗人。不求闻达，曾隐于陕州东郊，手植竹木，凿土为洞，称"乐天洞"，洞前自筑草堂，终日弹琴赋诗，号草堂居士。宋真宗闻其名，遣使往召之，他抱琴越墙而逃。诗作内容多反映山中隐居生活的情趣，其诗据事直书，平易质朴，多警策句。

③萧然：索然寡味，兴致极低。野僧：长期漂流在外的和尚。

④乞：讨，求取火种。新火：清明节前一日寒食，据传春秋时介之推随晋公子重耳出亡十九年，后重耳回国为君，介之推不求官俸，

母子隐居绵山（今山西介休）。重耳求之不得，焚山逼之，介之推拒
不出山，被烧死。后人为了纪念他，冬至后一百五日禁烟冷食，寒食
节后新生的火种称为新火。

社　日①

王　驾②

鹅湖山下稻粱肥③，
豚栅鸡栖对掩扉④。
桑柘影斜春社散⑤，
家家扶得醉人归。

【注释】

①这首诗写乡村社日风俗，没有正面描写社日仪式活动，而是侧
面着笔，描绘出一幅富庶太平热闹的景象，无怪乎清人沈德潜在《唐
诗别裁集》中说它于"极村朴中传出太平风景"。

②王驾（851—?）：字大用，自号守素先生，河中（今山西永济）
人，晚唐诗人。其绝句构思巧妙，自然流畅，为司空图所推崇。

③鹅湖山：山名，江西铅山北，原名荷湖山，有湖，多生荷。晋末
有龚氏，畜鹅于此，因名鹅湖山。宋淳熙二年（1175）朱熹与吕祖谦、
陆九渊兄弟讲学于鹅湖寺，后人立为四贤堂。

④豚（tún）栅：猪栅栏，猪圈。鸡栖：鸡窝。扉（fēi）：门。

⑤桑柘（zhè）影斜：日过午后，树影越来越斜，此指天色已晚。柘，

桑柘影斜春社散，家家扶得醉人归

树。春社：古代祭祀土神、五谷神，按其季节称为春社与秋社。《荆楚岁时记》载："四邻并结宗会社，宰牲牢，为屋于树下，先祭祀，然后享其胙。"旧时二十五家合为一社，聚土为坛，上面种树，作为向神祭祀祈祷的地方。春季祭祀祈求五谷丰登，其时间周代用甲日，汉以后，一般用戊日，以立春后第五个戊日，又称作中和节。春社有饮中和酒、宜春酒的习俗，说是可以医治耳疾，因而人们又称之为"治聋酒"。秋天则是报答神的恩典，由于神的赏赐，人们获得丰收。春秋二社又简称"春祈秋报"。

寒　食 hán shí ①

韩翃 hán hóng ②

chūn chéng wú chù bù fēi huā
春　城　无　处　不　飞　花，

hán shí dōng fēng yù liǔ xié
寒　食　东　风　御　柳　斜 ③。

rì mù hàn gōng chuán là zhú
日　暮　汉　宫　传　蜡　烛 ④，

qīng yān sàn rù wǔ hóu jiā
轻　烟　散　入　五　侯　家 ⑤。

【注释】

①这首诗用白描的手法，含蓄而韵味深厚的语言，描绘出京城落花纷飞、杨柳弄姿的暮春景色以及寒食皇宫赐火五侯的情形，是一幅京城寒食风俗图。也有人认为诗人是借寒食内庭赐火讽刺当时宦官专权。

②韩翃（hóng）：字君平，南阳（属今河南）人，唐代诗人，是"大历十才子"之一。韩翃诗笔法轻巧，写景别致，在当时传诵很广。在"大历十才子"中，韩翃的创作成就最大。

③御柳：御苑中的柳树。

④传蜡烛：寒食夜，朝廷特赐火侯家，以示恩宠。

⑤五侯：汉成帝、桓帝都曾封勋戚功臣五人为侯，世称五侯，后泛指权贵。

jiāng nán chūn
江 南 春 ①

dù mù
杜 牧

qiān lǐ yīng tí lǜ yìng hóng
千 里 莺 啼 绿 映 红 ②，
shuǐ cūn shān guō jiǔ qí fēng
水 村 山 郭 酒 旗 风 ③。
nán cháo sì bǎi bā shí sì
南 朝 四 百 八 十 寺 ④，
duō shǎo lóu tái yān yǔ zhōng
多 少 楼 台 烟 雨 中 ⑤。

【注释】

①这首诗以概括洗练的笔法描绘江南春色、春声与建筑，写出了

辽阔江南春景的丰富多彩与深邃迷离，表现了对江南美景的赞美与热爱。也有人认为此诗借楼台虽在而南朝已亡讽刺唐代佞佛政策。

②绿映红：绿叶映衬着红花。

③水村：水乡。山郭：依山建的外城；古代内城为城，外城称郭。酒旗：悬挂于酒店门口招揽酒客的招牌，又称酒望子、酒帘、青旗、锦斾等。

④南朝：公元420—589年先后建都建康（今江苏南京）的宋、齐、梁、陈四个封建王朝的总称。南朝君臣好佛，广置寺院，据说有五百余所，此处四百八十举其约数，并非实指。

⑤楼台：寺院佛殿建筑。烟雨：蒙蒙细雨。

shàng gāo shì láng
上 高 侍 郎①

gāo chán
高 蟾②

tiān shàng bì táo hé lù zhòng
天 上 碧 桃 和 露 种③，

rì biān hóng xìng yǐ yún zāi
日 边 红 杏 倚 云 栽。

fú róng shēng zài qiū jiāng shàng
芙 蓉 生 在 秋 江 上④，

bù xiàng dōng fēng yuàn wèi kāi
不 向 东 风 怨 未 开。

【注释】

①诗作于唐僖宗乾符二年（875），此篇题目一作《下第后上永崇高侍郎》，次年诗人中第。诗是落第后所作，通篇比喻，用天上碧桃、日边红杏比喻进士及第者，以秋江芙蓉自比，表达了孤高的人品

与自信，充满了逆境中的不屈与奋进精神。高侍郎：此处指高骈。侍郎，官名，汉代本为宫廷近侍，东汉以后为尚书属官。自唐以后，与尚书同为各部堂官。

②高蟾：河朔（在今河北）人，出身贫寒，乾符三年（876）登进士第。乾宁间，为御史中丞。工诗。

③碧桃：传说中的仙桃。此诗的碧桃与红杏都比喻借皇家威势而显贵的小人。

④芙蓉：荷花，此处为诗人自比，流露出不依权贵的志向。

绝 句^①

jué   jù

僧 志 南^②

sēng zhì nán

古 木 阴 中 系 短 篷^③，
gǔ mù yīn zhōng jì duǎn péng

杖 藜 扶 我 过 桥 东^④。
zhàng lí fú wǒ guò qiáo dōng

沾 衣 欲 湿 杏 花 雨，
zhān yī yù shī xìng huā yǔ

吹 面 不 寒 杨 柳 风^⑤。
chuī miàn bù hán yáng liǔ fēng

【注释】

①诗用清新明丽的语言写春风、春花及春游感受，意境明快，节奏鲜明，不提春字而春意盎然，不言喜悦而喜悦之情跃然纸上，是歌咏春天的佳作。

②志南：南宋诗僧，志南是他的法号，生平事迹不详。《娱书堂诗话》卷上载："僧志南能诗，朱文公（朱熹）尝跋其卷云：'南诗清

丽有余，格力闲暇，无蔬笋气。如云：'沾衣欲湿杏花雨，吹面不寒杨柳风。'予深爱之。"

③短篷：小船。小船上有短篷，所以称小船为短篷，是借代的修辞方法。

④杖藜扶我：即"我扶杖藜"。杖藜，藜杖。藜，一种藤类植物。扶，助。

⑤"沾衣"以下两句：为倒装句式，即杏花雨沾衣欲湿，杨柳风吹面不寒。杏花雨，杏花开放时节下的雨，即春雨。杨柳风，杨柳发芽时吹的风，即春风。

yóu yuán bù zhí
游 园 不 值①

yè shào wēng
叶 绍 翁 ②

yīng lián jī chǐ yìn cāng tái
应 怜 屐 齿 印 苍 苔③，

xiǎo kòu chái fēi jiǔ bù kāi
小 扣 柴 扉 久 不 开④。

chūn sè mǎn yuán guān bù zhù
春 色 满 园 关 不 住⑤，

yī zhī hóng xìng chū qiáng lái
一 枝 红 杏 出 墙 来⑥。

【注释】

①诗题一作《游小园不值》。这是一首富于哲理的绝句，诗人将游园未逢主人的懊恼心情化为对红杏、春色的礼赞，反映了春天万物复苏的勃勃生机，形象地说明了新生的、美好的事物是无法阻挡的。不值：没有遇见人，这里指没有进入花园。值，面对、遇到。

②叶绍翁：南宋中期诗人。字嗣宗，号靖逸，祖籍建安（今福建建瓯），据《四朝闻见录》曾自署龙泉（今属浙江）人，本姓李，祖父李颖士。叶绍翁因祖父关系受累，家业中衰，少时即给龙泉叶姓为子。从叶适学，与真德秀、葛天民交甚密。工诗，尤擅七言绝句，属江湖派，但意境高远，用语新警，非一般江湖派诗人之作可比。

③怜：爱惜、怜惜。屐（jī）：一种底下有齿的木鞋，此处借代指鞋。谢灵运喜着木屐登山，上山去屐前齿，下山去后齿，称谢公屐。苍苔：青苔。

④小扣：轻轻地敲。扣，敲。柴扉：柴门。

⑤春色满园关不住：即"满园春色关不住"，是为了平仄的需要。

⑥一枝红杏出墙来：唐吴融《途中见杏花》："一枝红杏出墙头，墙外行人正独愁。"《杏花》："独照影时临水畔，最含情处出墙头。"叶绍翁就是化用前人诗句，同时赋予"春色满园关不住"的含义，意象也就更为醒豁，含义更加丰富。

客 中 行①
kè zhōng xíng

李 白
lǐ bái

兰 陵 美 酒 郁 金 香②，
lán líng měi jiǔ yù jīn xiāng

玉 碗 盛 来 琥 珀 光③。
yù wǎn chéng lái hǔ pò guāng

但 使 主 人 能 醉 客④，
dàn shǐ zhǔ rén néng zuì kè

不 知 何 处 是 他 乡⑤。
bù zhī hé chù shì tā xiāng

【注释】

①诗题一作《客中作》。诗作于唐玄宗开元二十八年（740），李白移家东鲁，初游鲁地。前两句极力写酒的名贵与色泽，后两句写只要主人能殷勤待客，就没有客居他乡的羁旅之思，抒发了诗人的豪情逸兴，表现了诗人豪放不羁的个性。也有人认为李白以豪语抒悲怀，暗寓祈求得到求才用贤的主人的重用，以实现远大抱负。客中行：旅居他乡所作的诗歌。

②兰陵：地名，今山东枣庄，据传因附近土陵兰草繁茂、兰花芳香而得名。战国时，楚国始设立兰陵县，唐代以产酒闻名。郁金香：一种珍贵的植物，古人用以泡酒，泡后酒带金黄色。

③琥珀：一种树脂化石，黄色或深褐色，晶莹透明，富有光彩，这里用来形容酒色色泽鲜亮。

④但：只要。

⑤他乡：异乡，外乡。

tí píng
题 屏①

liú jì sūn
刘季孙②

ní nán yàn zǐ yǔ liáng jiān
呢 喃 燕 子 语 梁 间③，

dǐ shì lái jīng mèng lǐ xián
底 事 来 惊 梦 里 闲④。

shuō yǔ páng rén hún bù jiě
说 与 旁 人 浑 不 解⑤，

zhàng lí xié jiǔ kàn zhī shān
杖 藜 携 酒 看 芝 山⑥。

【注释】

①诗题一作《题饶州酒务厅屏》，是作者在饶州监督酒务时在官厅屏风上题写的。诗以幽默而轻松明快的笔调写燕子惊醒睡梦，于是杖藜携酒游赏芝山，抒发了寄情山水的闲适心情。饶州：今江西波阳。据叶梦得《石林诗话》卷三载，刘季孙当时以右班殿置监管饶州酒务，王安石从宪江到饶州视察，在官厅墙上看到这首《题屏》诗，大为称赏，立刻召见刘季孙。两人聊了好久，最后王安石登车而去，竟然忘了问酒务事。

呢喃燕子语梁间，底事来惊梦里闲

②刘季孙（1033—1092）：字景文，祥符（今河南开封）人。哲宗元祐中以左藏库副使为两浙兵马都监。因苏轼荐知隰州，仕至文思副使。博通史传，性好异书古文石刻，精于鉴赏。

③呢喃：燕子低鸣声。

④底事：何事，为什么。

⑤浑：全然。

⑥杖藜：柱着拐杖。藜，一年生草本植物，茎坚硬，可做拐杖，称藜杖。芝山：在今江西波阳北，初名土素山，据传唐代刺史薛振曾在山上拾得灵芝仙草，因而改名芝山。

漫 兴 ①
màn xīng

杜 甫
dù fǔ

肠 断 春 江 欲 尽 头 ②，
cháng duàn chūn jiāng yù jìn tóu

杖 藜 徐 步 立 芳 洲 ③。
zhàng lí xú bù lì fāng zhōu

颠 狂 柳 絮 随 风 舞，
diān kuáng liǔ xù suí fēng wǔ

轻 薄 桃 花 逐 水 流 ④。
qīng bó táo huā zhú shuǐ liú

【注释】

①杜甫有《绝句漫兴九首》，这是其中的第五首。作于唐肃宗上元二年（761），当时杜甫正寓居成都草堂。此诗写诗人本为春日游赏散心，然而所见却是春景狼藉，无非是残柳落花，抒发了诗人对国计民生的忧虑。漫兴：即兴而作，兴之所至随意写成。

②肠断：形容极度伤心。据传东晋时期桓温伐蜀，军士取一猿，母猿随之沿江而啼。桓温不忍，欲还幼猿，军士不肯，母猿遂声竭力尽而死，取而剖之，其肠寸断。后人便形容悲伤过度为肠断或断肠。

③藜：藜杖。徐步：缓行，漫步。芳洲：长满花草的水中陆地。

④"颠狂"以下两句：用拟人的修辞手法描绘柳絮、桃花的动态。颠狂，放荡不羁，指柳絮上下翻飞。轻薄，轻浮。

庆全庵桃花①
qìng quán ān táo huā

谢枋得②
xiè fāng dé

寻 得 桃 源 好 避 秦③，
xún dé táo yuán hǎo bì qín

桃 红 又 是 一 年 春。
táo hóng yòu shì yī nián chūn

花 飞 莫 遣 随 流 水④，
huā fēi mò qiǎn suí liú shuǐ

怕 有 渔 郎 来 问 津⑤。
pà yǒu yú láng lái wèn jīn

【注释】

①宋亡后诗人隐居福建建阳，给自己住所起名庆全庵。诗借物咏志，将自己居所比作桃花源，通过描写不希望桃花为外人所知，表达了诗人不仕新朝的决心。

②谢枋得（1226—1289）：字君直，号叠山，信州弋阳（今江西弋阳）人。自幼博闻强记，目观五行俱下，过目不忘。南宋覆亡后，谢枋得一直流寓建阳，以卖卜教书度日，他以孤芳自赏的梅花自勉，直至北上绝食而死。

③桃源：桃花源的简称。陶渊明《桃花源记》塑造了一个没有剥削、没有压迫的理想世界桃

花飞莫遣随流水，怕有渔郎来问津

花源。据说晋代渔人王道真，沿溪捕鱼，忽逢桃花林，其源头得一洞口，入洞见一世外天堂，居民们说他们祖先避秦时战乱，来到这里，遂与外界隔绝，不知道汉魏朝代，并嘱托不要告诉他人。王道真归后告诉太守，太守使人原路寻找，竟然找不到了。

④莫遣：莫使，不要让。

⑤问津：询问路口，寻访。津，本指渡口，此指道路。

xuán dū guàn táo huā
玄都观桃花①

liú yǔ xī
刘禹锡②

zǐ mò hóng chén fú miàn lái
紫陌红尘拂面来③，

wú rén bù dào kàn huā huí
无人不道看花回④。

xuán dū guàn lǐ táo qiān shù
玄都观里桃千树，

jìn shì liú láng qù hòu zāi
尽是刘郎去后栽⑤。

【注释】

①原题作《元和十年自朗州召至京戏赠看花诸君子》，作于元和十年（815）春，柳宗元、刘禹锡、韩泰等一起被召回京师。这是首政治讽刺诗，借春日玄都观桃花的繁盛艳丽和游人如织，影射贤良被逐，奸邪得势，抒发了诗人对朝廷新贵的讽刺与蔑视之情。玄都观：唐代一道观，在今西安南门外。

②刘禹锡（772—842）：唐代文学家、哲学家，字梦得。洛阳（今属河南）人，自称为汉代中山靖王刘胜后人。刘禹锡与王叔文、

柳宗元同为政治革新的核心人物，称为"二王刘柳"。九月，革新失败，王叔文被赐死。刘禹锡初贬为连州（今广东连州）刺史，行至江陵，再贬朗州（今湖南常德）司马。同时被贬的有韦执谊、韩泰、陈谏、柳宗元、刘禹锡、韩晔、凌准、程异，史称"八司马"。刘禹锡的诗高亢激昂、意气纵横，语言刚健，笔锋犀利。晚年与白居易酬唱颇多。善于学习民歌，含思宛转，语调清新，有浓郁的生活气息。

③紫陌：长安街道。红尘：街道上人行马驰扬起的尘土。

④道：说。

⑤尽是刘郎去后栽：暗指新贵们都是在王叔文变法失败后攀附当权者而得势的。刘郎，诗人自称。

再游玄都观^①
zài yóu xuán dū guàn

刘禹锡
liú yǔ xī

bǎi mǔ tíng zhōng bàn shì tái
百亩庭中半是苔^②，

táo huā jìng jìn cài huā kāi
桃花净尽菜花开。

zhòng táo dào shì guī hé chù
种桃道士归何处^③，

qián dù liú láng jīn yòu lái
前度刘郎今又来^④。

【注释】

①诗作于唐文宗太和二年（828）三月，仍以桃花为喻，通过玄都观桃花的命运，写当初得位权势今日已经一败涂地，销声匿迹，显示了自己的不屈与乐观。刘禹锡《游玄都观诗序》曰："予贞元二十一

年为尚书屯田员外郎，时此观中未有花木。是岁出牧连州，寻贬朗州司马。居十年，召还京师，人人皆言有道士手植红桃满观，如烁晨霞，遂有诗以志一时之事。旋又出牧，于今十有四年，得为主客郎中。重游兹观，荡然无复一树，唯兔葵燕麦动摇于春风，因再题二十八字，以俟后游。"

②庭中：《刘禹锡集》卷二四作"中庭"。庭，庭院。苔：苔藓。

③种桃道士：喻当年竭力培植党羽而打击王叔文变法的执政者。

④前度刘郎：自指。度，次。

chú zhōu xī jiàn
滁 州 西 涧 ①

wéi yīng wù ②
韦 应 物

dú lián yōu cǎo jiàn biān shēng
独 怜 幽 草 涧 边 生 ③，
shàng yǒu huáng lí shēn shù míng
上 有 黄 鹂 深 树 鸣 ④。
chūn cháo dài yǔ wǎn lái jí
春 潮 带 雨 晚 来 急。
yě dù wú rén zhōu zì héng
野 渡 无 人 舟 自 横 ⑤。

【注释】

①诗作于唐德宗建中、兴元年间（782—785）。唐德宗建中三年（782）韦应物出为滁州刺史，兴元元年（784）冬罢滁州刺史，寓居滁州西涧，贞元元年（785）春夏闲居滁州，秋改官为江州刺史。诗描写滁州西涧的幽草、黄鹂、春雨、春潮、野渡等优美的自然风光，写

出了诗人素爱幽静的审美情趣，流露出恬淡的心境和忧伤的情怀。也有人认为诗抒发了对宦海浮沉的厌倦以及归隐的心情。滁州：地名，今安徽滁州。西涧：在滁州城西，俗名上马河。

②韦应物（737—792或793）：唐代诗人，京兆长安（今陕西西安）人。世称"韦江州"、"韦左司"或"韦苏州"。

③怜：爱。幽草：生长在暗处的草。幽，一作"芳"。生：一作"行"。

④深树：树丛深处。树，一作"处"。

⑤野渡：偏僻无人管理的渡口。

huā yǐng
花　影①

xiè fāng dé
谢 枋 得

chóng chóng dié dié shàng yáo tái
重 重 叠 叠 上 瑶 台②，

jǐ dù hū tóng sǎo bù kāi
几 度 呼 童 扫 不 开③。

gāng bèi tài yáng shōu shí qù
刚 被 太 阳 收 拾 去④，

què jiào míng yuè sòng jiāng lái
却 教 明 月 送 将 来。

【注释】

①这是首咏物诗，描写了花影的日尽甫灭、晚间又来，语言生动活泼，富有情趣；也有人认为是首政治讽刺诗，因为日月在古代是帝王的象征，所以花影比喻帝王身边奸邪小人，借花影的难以除去比喻小人得势。

②瑶台：神话传说中的仙家住地。这里指院落中清幽的亭台。

③几度：几次。扫不开：扫不去，扫不掉。

④收拾：此处以拟人手法，喻指消灭奸邪小人。

北　山^①

王安石

北山输绿涨横陂^②，
直堑回塘滟滟时^③。
细数落花因坐久^④，
缓寻芳草得归迟^⑤。

【注释】

①诗作于宋神宗熙宁十一年（1078）至元丰七年（1084）间，王安石晚年隐居金陵钟山时。诗描写绿满北山、绿波滟滟的优美景色和诗人细数落花、缓寻芳草的雅致，抒发了诗人隐居半山、寄情山水的闲适之情。

②北山：钟山，又名蒋山，即今南京紫金山。王安石晚年筑室于山腰，号半山。输：输送，这里是蔓延的意思，拟人手法。陂（bēi）：池塘，水边。

③堑：壕沟。回塘：曲折的池塘。滟滟：波光动荡的样子。

④数：查点。因：因为，这里作"于是"解。

⑤得：得以。

湖上① hú shàng

徐元杰② xú yuán jié

花开红树乱莺啼③，
huā kāi hóng shù luàn yīng tí

草长平湖白鹭飞④。
cǎo zhǎng píng hú bái lù fēi

风日晴和人意好⑤，
fēng rì qíng hé rén yì hǎo

夕阳箫鼓几船归⑥。
xī yáng xiāo gǔ jǐ chuán guī

【注释】

①诗前两句以艳丽之笔写春日西湖美景，到处是鸟语花香，芳草萋萋，碧波荡漾，色彩缤纷，后两句写游兴浓郁，描绘出一幅西湖春景图。湖：这里指西湖。

②徐元杰（1196—1246）：字伯仁，号梅野，信州上饶（今江西上饶）八都黄塘人，学者称天庸先生。

③红树：红花满树。乱莺啼：嘈杂的莺啼声，西湖十景有"柳浪闻莺"一景。

④平湖：平静的湖面。

⑤风日晴和：风和日丽。风日，一作"风物"。人意：心情。

风日晴和人意好，夕阳箫鼓几船归

⑥箫鼓：都是乐器，这里借指管弦之乐。

漫　兴 ①
màn xīng

杜甫
dù fǔ

糁径杨花铺白毡 ②，
sǎn jìng yáng huā pū bái zhān

点溪荷叶叠青钱 ③。
diǎn xī hé yè dié qīng qián

笋根雉子无人见 ④，
sǔn gēn zhì zǐ wú rén jiàn

沙上凫雏傍母眠 ⑤。
shā shàng fú chú bàng mǔ mián

【注释】

①作于唐肃宗上元二年（761）初夏成都草堂，是杜甫《绝句漫兴九首》的第七首。诗用对偶的手法，细腻而传神地描写了初夏郊野的杨花、幼荷、笋根，雉子与凫雏，意境优美温馨，抒发了诗人的闲适之情。

②糁（sǎn）径：散乱地落满细碎杨花的小路。糁，原意为饭粒，这里引申为散落、散布。白毡：此指满地细碎的白色杨花，乍看去像铺上了一层白色毡子。

③青钱：古代的一种青铜钱，这里比喻初生的荷叶点缀在小溪上，像重叠的青钱。

④雉子：小野鸡。一作"稚子"，指嫩笋芽。

⑤凫雏：小野鸭。

春晴①

王驾

雨前初见花间蕊②，
雨后全无叶底花。
蜂蝶纷纷过墙去，
却疑春色在邻家。

【注释】

①诗题一作《晴景》，又作《雨晴》。运用拟人的手法，捕捉雨前雨后风景的不同，写春色易逝，表达了诗人惜春之情，构思别致。

②蕊（ruǐ）：花苞，花心。

春暮①

曹豳②

门外无人问落花，
绿阴冉冉遍天涯③。
林莺啼到无声处④，
青草池塘独听蛙。

【注释】

①诗用白描手法紧扣暮春时节节令变化进行描摹,写落花已尽,绿荫渐浓,林莺声歇,青蛙登场,绘景摹声,清新明快,毫无萧瑟哀怨。

②曹豳(1170—1250):字西士,一字潜夫,号东畎,瑞安(今属浙江)人。

③绿阴:绿树浓荫。冉冉:通"苒苒",草木茂盛的样子。天涯:天边,指广阔大地。

④处:时候。

落 花^①
luò huā

朱 淑 贞^②
zhū shū zhēn

连 理 枝 头 花 正 开^③,
lián lǐ zhī tóu huā zhèng kāi

妒 花 风 雨 便 相 催^④。
dù huā fēng yǔ biàn xiāng cuī

愿 教 青 帝 常 为 主^⑤,
yuàn jiào qīng dì cháng wéi zhǔ

莫 遣 纷 纷 点 翠 苔^⑥。
mò qiǎn fēn fēn diǎn cuì tái

【注释】

①诗题一作《惜春》。诗以沉痛之笔通过比喻象征,写风雨催花甫开即落,寄语青帝留得花常在,表现了惜春之情和对美好生活的向往。

②朱淑贞:又作朱淑真,宋代女作家,号幽栖居士,钱塘(今浙江杭州)人。魏端礼序末署淳熙九年(1182),称朱淑贞词"清新婉

丽，蓄思含情，能道人意中事"。

③连理枝：两棵树枝条连在一起生长，常用来比喻恩爱夫妻。

④妒：嫉妒。催：催促，这里指风雨催促花儿凋谢。

⑤青帝：我国古代神话中的五天帝之一，是位于东方的司春之神，又称苍帝、木帝。常为主：《断肠诗词集》作"长为主"。

⑥莫遣：不要让。点：点缀。翠苔：绿色的苔藓。

chūn mù yóu xiǎo yuán
春 暮 游 小 园 ①

wáng qí ②
王 淇

yī cóng méi fěn tuì cán zhuāng
一 从 梅 粉 褪 残 妆 ③，

tú mǒ xīn hóng shàng hǎi táng
涂 抹 新 红 上 海 棠 ④。

kāi dào tú mí huā shì liǎo
开 到 荼 蘼 花 事 了 ⑤，

sī sī tiān jí chū méi qiáng
丝 丝 天 棘 出 莓 墙 ⑥。

【注释】

①诗写春暮小园景色，以花开放顺序，直写到花事谢，描绘出春景的变化。同时，所选花色变化由浅入深，由红至白，由白转绿，写出春色变化，表达了惜春之情和韶华易逝的感慨。

②王淇：字菉猗，与谢枋得有交，谢尝代其女作《荐父青词》（《叠山集》卷一二），生平事迹不详。

③一从：自从。褪残妆：拟人手法，指梅花凋谢。

④涂抹新红：拟人手法，指海棠盛开。

⑤花事了：春天的花都开完了。

⑥天棘：即天门冬，百合科草本植物。莓墙：有苔藓生长的墙，或可解作旁边种有木莓的墙。

莺梭^①
yīng suō

刘克庄^②
liú kè zhuāng

zhì liǔ qiān qiáo tài yǒu qíng
掷 柳 迁 乔 太 有 情^③，

jiāo jiāo shí zuò nòng jī shēng
交 交 时 作 弄 机 声^④。

luò yáng sān yuè huā rú jǐn
洛 阳 三 月 花 如 锦^⑤，

duō shǎo gōng fū zhī dé chéng
多 少 工 夫 织 得 成 。

【注释】

①诗用比喻、拟人的手法，写黄莺在绿柳中穿行不息，织就了锦绣山河，用语活泼，设喻新奇，意境优美，表达了对大自然造化的由衷赞叹和对春光的热爱。莺梭：黄莺往来如穿梭，形容其轻巧敏捷。

②刘克庄（1187—1269）：南宋诗人、词人、诗论家。字潜夫，号后村，莆田（今属福建）人。刘克庄是江湖派中最出色的诗人之一，宋末刘辰翁和方回对他的批评最中肯。刘辰翁说："刘后村仿《初学记》，骈俪为书，左旋右抽，用之不尽，至五七言名对亦出于此，然终身不敢离尺寸，欲古诗少许自献，如不可得。"

③掷柳：抛柳，指黄莺从柳树上飞下。迁乔：迁居，这里是说

黄莺飞行，未必是迁居。《诗经·小雅·伐木》："出自幽谷，迁于乔木。"后称人移居说乔迁。

④交交：鸟鸣声。弄机：织布。

⑤锦：有彩色花纹的丝织品。

mù chūn jí shì
暮春即事 ①

yè cǎi ②
叶采

shuāng shuāng wǎ què xíng shū àn
双　双　瓦　雀　行　书　案 ③，
diǎn diǎn yáng huā rù yàn chí
点　点　杨　花　入　砚　池 ④。
xián zuò xiǎo chuāng dú zhōu yì
闲　坐　小　窗　读　周　易 ⑤，
bù zhī chūn qù jǐ duō shí
不　知　春　去　几　多　时 。

【注释】

①以人的活动为中心，写专心读《周易》，只有雀影移到案头、落花沉入砚中才恍然发现时节已是春暮，表现了不关心外事的闲适。

②叶采：字仲圭，号平岩，建阳（今属福建）人。宋理宗淳祐元年（1241）进士。历邵武尉、景献府教授、秘书监、枢密院检讨，累官翰林学士兼侍讲。景定初卒。

③瓦雀：屋顶瓦上的麻雀，这里指麻雀的影子。书案：书桌。

④砚池：砚台。

⑤周易：即《易经》，是我国古代的儒家经典著作之一。

dēng shān
登　山①

lǐ shè
李涉②

zhōng rì hūn hūn zuì mèng jiān
终　日　昏　昏　醉　梦　间，

hū wén chūn jìn qiǎng dēng shān
忽　闻　春　尽　强　登　山③。

yīn guò zhú yuàn féng sēng huà
因　过　竹　院　逢　僧　话④，

yòu dé fú shēng bàn rì xián
又　得　浮　生　半　日　闲⑤。

【注释】

①诗题一作《题鹤林寺僧院》，鹤林寺，故址在今江苏镇江。前两句写整日醉生梦死，毫无乐趣，只是听说春天快要结束了才想起登山；后两句写与僧人聊天，才得到半日闲适，表现了诗人不得志情况下的无奈与烦闷。

②李涉：自号清谿子，洛阳（今河南洛阳）人。早岁客住梁园，逢兵乱，和弟弟李渤隐居庐山，后应辟作幕僚。唐宪宗时，曾任太子通事舍人。不久贬为峡州（今湖北宜昌）司仓参军，在此十年，遇赦还洛阳，隐于少室山。文宗太和（827—835）中，任国子博士，世称"李博士。"由于一再遭受贬谪，常有不平之鸣。

③强：勉强。

④过：拜访。

⑤浮生：《庄子·刻意》："其生若浮，其死若休。"以人生在世，虚浮不定，因称人生为"浮生"。

蚕妇吟 cán fù yín ①

谢枋得 xiè fāng dé

子规啼彻四更时② zǐ guī tí chè sì gēng shí，

起视蚕稠怕叶稀③ qǐ shì cán chóu pà yè xī。

不信楼头杨柳月④ bù xìn lóu tóu yáng liǔ yuè，

玉人歌舞未曾归⑤ yù rén gē wǔ wèi céng guī。

【注释】

①诗用质朴的语言、对比的手法，通过蚕妇夜半起床劳作的艰辛和歌儿舞女的通宵不寐，讽刺了社会不公正，表达了对劳动者的同情和对耽于淫乐者的不满。吟：古代诗歌体裁的一种。

②子规：即杜鹃，又称杜宇、望帝。啼彻：不断地啼叫。四更：古

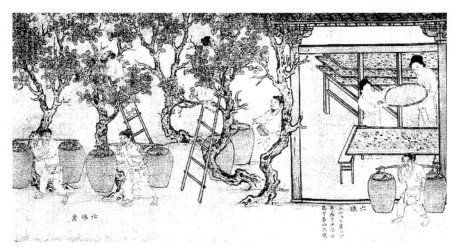

子规啼彻四更时，起视蚕稠怕叶稀

时一夜分为五更,四更时天尚未明。

③起:起床。

④杨柳月:月亮西沉至杨柳树梢。

⑤玉人:容貌美丽的人。后多用以称美丽的女子。这里指歌女舞伎。

晚　春①

hán yù
韩愈

cǎo mù zhī chūn bù jiǔ guī
草　木　知　春　不　久　归②,
bǎi bān hóng zǐ dòu fāng fēi
百　般　红　紫　斗　芳　菲③。
yáng huā yú jiá wú cái sī
杨　花　榆　荚　无　才　思④,
wéi jiě màn tiān zuò xuě fēi
惟　解　漫　天　作　雪　飞⑤。

【注释】

①诗约作于唐宪宗元和十一年(816)前后,是《游城南》十六首之三。诗写暮春景象,以拟人手法,生动形象地写出草木知道春天将要远去,争艳斗奇,而杨花、榆荚因乏文采,只好漫天飞舞,赋予晚春以灵性,同时寓有珍惜年华的含义。

②归:回归,春色将尽。

③百般:各种各样或千方百计。斗芳菲:竞艳吐芳,争相开放。

④榆荚:榆钱,老呈白色,状如古钱。

⑤惟解:只知道。

伤 春^① shāng chūn

杨 万 里^② yáng wàn lǐ

准 拟 今 春 乐 事 浓^③，
zhǔn nǐ jīn chūn lè shì nóng

依 然 枉 却 一 东 风^④。
yī rán wǎng què yī dōng fēng

年 年 不 带 看 花 眼，
nián nián bù dài kàn huā yǎn

不 是 愁 中 即 病 中^⑤。
bù shì chóu zhōng jí bìng zhōng

【注释】

①诗题一作《晓登万花川谷看海棠》，原诗二首，此为第二首。前两句写今春赏春乐事落空，后两句进一步发出感慨，说年年如此，抒发因病不能赏春的失意，虽然通篇议论而读来不觉枯燥。伤春：为春天将逝而伤感。

②杨万里（1127—1206）：字廷秀，号诚斋。吉州吉水（今属江西）人。南宋杰出的诗人。绍兴二十四年（1154）中进士。历任国子博士、太常博士、太常丞兼吏部右侍郎，提举广东常平茶盐公事，广东提点刑狱，吏部员外郎等。因反对以铁钱行于江南诸郡，改知赣州，不赴，辞官归家，闲居乡里。以诗著名，与尤袤、范成大、陆游并称"中兴四大诗人"，当时被奉为诗坛宗主。其诗生动活泼、幽默诙谐，被称为"诚斋体"。

③准拟：料想，本以为。浓：多，深。

④枉却：白白地辜负。东风：春风。

⑤即：就是。

送春^①

王令^②

sān yuè cán huā luò gèng kāi
三 月 残 花 落 更 开^③，

xiǎo yán rì rì yàn fēi lái
小 檐 日 日 燕 飞 来^④。

zǐ guī yè bàn yóu tí xuè
子 规 夜 半 犹 啼 血^⑤，

bù xìn dōng fēng huàn bù huí
不 信 东 风 唤 不 回^⑥。

【注释】

①诗通过残花落后又开、燕子日日飞来，将暮春景色写得富有生机，而杜鹃唤春更写出了诗人对春天的执着，惜春之情跃然纸上。

②王令（1032—1059）：江都人，初字钟美，后改字逢源，原籍元城（今河北大名），一生孤愤。西昆体浮靡之音盛行诗坛之时，其以造语精辟，笔意纵横、气格雄壮的特色为扫荡西昆陋习作出了贡献。

③更：又。

④檐：屋檐。

⑤子规：杜鹃，相传古蜀国国王杜宇亡国，化为杜鹃，自春至夏啼叫不已，声音凄苦，以至于口中泣血，所以说啼血。历来此典入诗甚多，如李白《宣城见杜鹃花》："蜀国曾闻子规鸟，宣城又见杜鹃花。一叫一回肠一断，三春三月忆三巴。"白居易《琵琶行》："其间旦暮闻何物，杜鹃啼血猿哀鸣。"

⑥不信：不相信。东风：春风，春光。

三月晦日送春 ①
sān yuè huì rì sòng chūn

贾 岛 ②
jiǎ dǎo

三 月 正 当 三 十 日 ③，
sān yuè zhèng dāng sān shí rì

风 光 别 我 苦 吟 身 ④。
fēng guāng bié wǒ kǔ yín shēn

共 君 今 夜 不 须 睡 ⑤，
gòng jūn jīn yè bù xū shuì

未 到 晓 钟 犹 是 春 ⑥。
wèi dào xiǎo zhōng yóu shì chūn

【注释】

①诗题一作《三月晦日赠刘评事》。诗用拟人的手法写春的告别和诗人的守夜相送，突出了春光的宝贵，表现了眷恋春光、珍惜韶华的情怀。构思新颖，格调明快。三月晦日：就是农历三月三十日。晦日，农历每月的最后一天。

②贾岛（779—843）：唐代诗人，字阆仙。范阳（今北京附近）人。早年出家为僧，号无本。元和五年（810）冬，至长安。次年春，至洛阳，始谒韩愈，以诗深得赏识。他擅长五律，苦吟成癖，自谓"一日不作诗，心源如废井"（《戏赠友人》）。其诗造语奇特，常写荒寒冷落之景，表现愁苦幽独之情。

③正当：正值。

④风光：春光。别：远离。苦吟：作诗竭尽全力，贾岛为苦吟的诗人，有诗句"二句三年得，一吟双泪流"为证。唐代苦吟的诗人很多，据说王维苦吟到走入醋瓮中，卢延让有"吟安一个字，拈断数茎须"的诗句。

⑤共君：同您，与春天一起，拟人的手法。

⑥晓钟：报晓的钟声，古代以敲钟报时。

kè zhōng chū xià
客 中 初 夏①

sī mǎ guāng ②
司 马 光

sì yuè qīng hé yǔ zhà qíng
四 月 清 和 雨 乍 晴③，

nán shān dāng hù zhuǎn fēn míng
南 山 当 户 转 分 明④。

gèng wú liǔ xù yīn fēng qǐ
更 无 柳 絮 因 风 起，

wéi yǒu kuí huā xiàng rì qīng
惟 有 葵 花 向 日 倾 。

【注释】

①诗题一作《居洛初夏作》。诗作于宋神宗熙宁四年（1071）四月，当时司马光客居洛阳，编撰《资治通鉴》。这是一首夏日即景之作，诗人抓住初夏特有的天气特征和景物，远景近景相结合，虚景实景相衬托，形象鲜明，境界恬静，描绘出一幅清新明快的夏日小景。也有人认为诗人以葵花作喻，抒发对皇帝忠贞不渝的感情。客中：作客他乡。

②司马光（1019—1086）：北宋杰出的史学家和散文家，字君实，陕州夏县涑水乡（今山西运城安邑镇东北）人，世称"涑水先生"。学识渊博，音乐、律历、天文、术数皆极其妙。宋神宗熙宁二年（1069），王安石实行变法，司马光竭力反对。熙宁四年（1071）退居洛阳，元丰五年（1082），曾任宰相的文彦博（潞国公）、富弼（韩国公）等人也因反对王安石新法居住洛阳。他们组织了一个在野集团

"耆英会"，经常宴饮聚会。司马光退居洛十五年，专门从事《资治通鉴》的编撰。直到元丰八年 (1085) 宋哲宗即位，受召到京城任尚书左仆射，上任后立即废除新法，数月后卒。追赠太师，温国公，谥文正。

③清和：天气晴朗暖和。乍：初。

④当户：对着门户。转分明：雨中南山模糊不清，天气转晴则可见。

有　约①

zhào shī xiù
赵　师　秀②

huáng méi shí jié jiā jiā yǔ
黄　梅　时　节　家　家　雨③，
qīng cǎo chí táng chù chù wā
青　草　池　塘　处　处　蛙　。
yǒu yuē bù lái guò yè bàn
有　约　不　来　过　夜　半　，
xián qiāo qí zǐ luò dēng huā
闲　敲　棋　子　落　灯　花④。

【注释】

①诗题一作《约客》。诗通过描写观灯花坠落与闲敲棋子，写夏天深夜等待客人到来的怅然、枯寂与落寞。而此时的雨声、蛙鸣似乎更加重了诗人的烦闷情绪。

②赵师秀 (1170—1220)：字紫芝，又字灵秀，亦称灵芝，号天乐，永嘉人，宋太祖八世孙。赵师秀与翁卷、徐照、徐玑号为"永嘉四灵"。诗风清瘦野逸，

③黄梅时节：春末夏初梅子成熟时节。家家雨：天天下雨，人们多闭门不出。

④"有约"以下两句：友人因风雨所阻未能赴约，诗人毫无情绪地闷坐在灯下，无聊地敲着棋子，把灯花也震落了。

<ruby>闲<rt>xián</rt></ruby> <ruby>居<rt>jū</rt></ruby> <ruby>初<rt>chū</rt></ruby> <ruby>夏<rt>xià</rt></ruby> <ruby>午<rt>wǔ</rt></ruby> <ruby>睡<rt>shuì</rt></ruby> <ruby>起<rt>qǐ</rt></ruby>①

<ruby>杨<rt>yáng</rt></ruby> <ruby>万<rt>wàn</rt></ruby> <ruby>里<rt>lǐ</rt></ruby>

<ruby>梅<rt>méi</rt></ruby> <ruby>子<rt>zǐ</rt></ruby> <ruby>留<rt>liú</rt></ruby> <ruby>酸<rt>suān</rt></ruby> <ruby>软<rt>ruǎn</rt></ruby> <ruby>齿<rt>chǐ</rt></ruby> <ruby>牙<rt>yá</rt></ruby>②，

<ruby>芭<rt>bā</rt></ruby> <ruby>蕉<rt>jiāo</rt></ruby> <ruby>分<rt>fēn</rt></ruby> <ruby>绿<rt>lǜ</rt></ruby> <ruby>与<rt>yǔ</rt></ruby> <ruby>窗<rt>chuāng</rt></ruby> <ruby>纱<rt>shā</rt></ruby>③。

<ruby>日<rt>rì</rt></ruby> <ruby>长<rt>cháng</rt></ruby> <ruby>睡<rt>shuì</rt></ruby> <ruby>起<rt>qǐ</rt></ruby> <ruby>无<rt>wú</rt></ruby> <ruby>情<rt>qíng</rt></ruby> <ruby>思<rt>sī</rt></ruby>④，

<ruby>闲<rt>xián</rt></ruby> <ruby>看<rt>kàn</rt></ruby> <ruby>儿<rt>ér</rt></ruby> <ruby>童<rt>tóng</rt></ruby> <ruby>捉<rt>zhuō</rt></ruby> <ruby>柳<rt>liǔ</rt></ruby> <ruby>花<rt>huā</rt></ruby>⑤。

日长睡起无情思

【注释】

①诗题一作《初夏睡起》。绍兴三十二年（1162），孝宗即位，张浚重新起用，杨万里被荐为临安教授，以父丧未能赴任。诗作于诗人赋闲丁父忧期间。诗描绘初夏午睡醒来后闲观儿童捕捉柳花的情状，形象地写出梅子给人的感受，抒写了赋闲在家的闲愁，委婉含蓄地表达了英雄无用武之地的苦闷。

②留酸：带酸；留，一作

"流"。软：一作"溅"。

③芭蕉分绿与窗纱：写芭蕉的绿荫映照在窗户上，使纱窗也多了些绿色。与：一作"上"，一作"映"。

④长：一作"高"。无情思：无心绪。

⑤柳花：柳絮。

sān qú dào zhōng
三 衢 道 中 ①

zēng jǐ
曾 几 ②

méi zǐ huáng shí rì rì qíng
梅 子 黄 时 日 日 晴 ③，

xiǎo xī fàn jìn què shān xíng
小 溪 泛 尽 却 山 行 ④。

lǜ yīn bù jiǎn lái shí lù
绿 阴 不 减 来 时 路 ，

tiān dé huáng lí sì wǔ shēng
添 得 黄 鹂 四 五 声 。

【注释】

①这是首记游诗，首句写梅子时节本来多雨，而此时却又难得的晴天，所以能尽情游赏，次句借写游踪写尽兴之乐，后两句写返途兴味不减，抒写了愉悦的心情。三衢：山名，在今浙江衢州境内。

②曾几 (1084—1166)：字吉甫、志甫，自号茶山居士，祖籍赣州 (今江西赣州)，先人徙河南县 (今河南洛阳)，遂为河南人。历任江西、浙西提刑、秘书少监、礼部侍郎。学识渊博，勤于政事。人称"治经学道之余，发于文章，雅正纯粹，而诗尤工"，被列入江西诗派。一生"积学洁行，风节凛凛"，其近体诗轻快清新，饶有情趣，

南宋赵庚夫《读曾文清公集》说："新如月出初三夜，淡比汤煎第一泉。"

③梅子黄时：梅子熟时江南多雨，称为梅雨季节，而此时却天天晴，最是难得的游赏机会。

④小溪泛尽却山行：坐船到了小溪的尽头，又改走山路，极写游兴浓。

即　景①

朱淑贞

竹摇清影罩幽窗②，

两两时禽噪夕阳③。

谢却海棠飞尽絮④，

困人天气日初长。

【注释】

①诗题一作《清昼》。诗用工笔细描的手法，通过初夏的景色写夏日日长人困，少妇空房独坐，郁郁寡欢了无情趣的苦闷与忧伤。即景：就眼前之景，有感而作。

②清影：清幽的影子。幽窗：幽静的窗户。

③时禽：应时的鸟。噪：吵扰。

④谢却：凋谢。絮：柳絮。

初夏游张园 ①
chū xià yóu zhāng yuán ①

dài fù gǔ ②
戴复古 ②

乳鸭池塘水浅深 ③,
rǔ yā chí táng shuǐ qiǎn shēn

熟梅天气半晴阴 ④。
shú méi tiān qì bàn qíng yīn

东园载酒西园醉 ⑤,
dōng yuán zài jiǔ xī yuán zuì

摘尽枇杷一树金 ⑥。
zhāi jìn pí pá yī shù jīn

【注释】

①诗题一作《夏日》。诗写江南初夏园林宴饮的酣畅惬意,描绘了江南梅雨时节的美好景物,表现了江南人民的闲适富足的生活。

②戴复古(1167—1252?):
南宋诗人。字式之,天台黄岩(今浙江黄岩)人。一生不仕,浪游江湖。戴复古是江湖派著名诗人,生性耿介正直,不逢迎权贵,虽行事谨慎,"广座中口不谈世事"(方回《瀛奎律髓》卷二十),但在诗里却往往热烈地抒发爱国情感,并大胆指斥朝政国事。其词语言清丽,风格豪放,接近苏辛。

③乳鸭:刚孵出的小鸭。

④半晴阴:忽晴忽阴。

东园载酒西园醉

⑤东园载酒西园醉：互文见义，说载酒游园，酣畅尽兴。

⑥枇杷：一种常绿植物，蔷薇科，常绿小乔木，果实为淡黄色或桔黄色，味甜美。一树金：一树金黄色的枇杷像金子一样。

è zhōu nán lóu shū shì
鄂州南楼书事①

huáng tíng jiān
黄庭坚②

sì gù shān guāng jiē shuǐ guāng
四顾山光接水光③，

píng lán shí lǐ jì hé xiāng
凭栏十里芰荷香④。

qīng fēng míng yuè wú rén guǎn
清风明月无人管⑤，

bìng zuò nán lái yī wèi liáng
并作南来一味凉⑥。

【注释】

①诗题一作《晚楼闲望》。宋徽宗崇宁元年（1102），黄庭坚在太平州（治所在今安徽当涂）作了九天知州，就被贬为管勾洪州（治所在今江西南昌）玉隆观。最初，他徘徊于江州（治所在今江西九江）一带，后寓居武昌。诗作于崇宁二年（1103）六月鄂州南楼。描写登临远眺之景，写出夏日鄂州的湖光山色、十里荷香，境界阔大，气象不凡，抒发了贬官后寄情山水的闲适，显示了心胸的开阔。也有人认为"清风明月无人管"一句以景物无人管反衬诗人的不自由，隐含着贬官后的牢骚。鄂州：今湖北武昌。书事：纪事。

②黄庭坚（1045—1105）：字鲁直，自号山谷道人，晚号涪翁、黔安居士、八桂老人，洪州分宁（今江西修水）人。英宗治平进士。

黄庭坚为"苏门四学士"之一，其诗宗法杜甫，并有"夺胎换骨"、"点石成金"、"无一字无来处"之论，风格奇硬拗涩。他开创了江西诗派，在两宋诗坛影响很大。词与秦观齐名，少年时多做艳词，晚年词风接近苏轼。

③四顾：四下远望。

④凭栏：倚着栏杆。芰（jì）荷：出水的荷。

⑤清风明月无人管：化用李白《襄阳歌》"清风朗月不用一钱买，玉山自倒非人推"句。管，过问。

⑥并：同，齐。一味凉：一阵清凉。

shān tíng xià rì
山 亭 夏 日 ①

gāo pián
高 骈 ②

lǜ shù yīn nóng xià rì cháng
绿 树 阴 浓 夏 日 长 ③，
lóu tái dào yǐng rù chí táng
楼 台 倒 影 入 池 塘 。
shuǐ jīng lián dòng wēi fēng qǐ
水 晶 帘 动 微 风 起 ④，
mǎn jià qiáng wēi yī yuàn xiāng
满 架 蔷 薇 一 院 香 ⑤。

【注释】

①诗题原作《山居夏日》。诗以白描的手法，描绘夏日的绿树浓荫、楼台倒影、池塘水波与蔷薇花香，构成一幅色彩鲜明、格调优雅的风景图，表现了寄情山水的闲适。

②高骈（821—887）：字千里，唐末大将、诗人，南平郡王崇文

之孙，先世为渤海人，迁居幽州（今北京），世代为禁军将领。高骈曾统兵御党项及吐蕃，又镇安南（今越南），为静海军节度使，整治安南至广州江道，沟通物资运输。广明元年（880），黄巢起义军入西京长安时，朝廷再三征高骈赴国家之难，他欲兼并两浙，割据一方，遂逗留不行。中和二年（882），朝廷罢免其职。光启三年（887），部将毕师铎奉命出屯高邮，联合诸将，返攻扬州。城陷，高骈被囚，不久被杀。有诗一卷。

③浓：树荫很密。

④水晶帘：装饰有水晶的帘子，这里比喻水面，形容微风吹拂水面，波光荡漾，水纹与楼台倒影汇在一起，如同水晶帘在微微摆动。

⑤一院：满院。

田　家①

范成大②

昼出耘田夜绩麻③，
村庄儿女各当家④。
童孙未解供耕织⑤，
也傍桑阴学种瓜⑥。

【注释】

①宋孝宗淳熙十三年（1186），范成大退居苏州石湖时作《四时

田园杂兴》绝句六十首，这是其中一首。诗人用清新的笔调，对农村初夏时的紧张劳动气氛，作了较为细致的描写，歌颂了田家的辛勤劳作。

昼出耘田夜绩麻

②范成大（1126—1193）：南宋诗人。字致能，号石湖居士。吴郡（今江苏苏州）人。绍兴二十四年（1154）进士。乾道六年（1170），孝宗令范成大为特使，赴金国改变接纳金国诏书礼仪和索取河南"陵寝"事。范成大相机折冲，维护了宋廷的威信，全节而归，并写成使金日记《揽辔录》和著名的七十二首纪事诗，回朝后以功升任中书舍人并历任权礼部尚书、知贡举兼直学士院等。淳熙十年（1183）因病辞归，时年五十八岁。此后十年隐居在石湖。范成大文学造诣很高，著述甚丰，有《石湖居士诗集》、《石湖词》、《揽辔录》、《骖鸾录》、《吴船录》、《梅谱》、《菊谱》。

③耘田：除草。绩麻：搓麻线。

④各当家：各顶一行。当家，在行。

⑤童孙：泛指年幼儿童。未解：不知道。供：从事，参加。

⑥傍桑阴：在桑树荫下。

村居即事①

cūn jū jí shì

翁　卷②
wēng juǎn

绿　遍　山　原　白　满　川③，
lǜ　biàn shān yuán bái mǎn chuān

子　规　声　里　雨　如　烟④。
zǐ　guī shēng lǐ　yǔ　rú　yān

乡　村　四　月　闲　人　少，
xiāng cūn sì　yuè xián rén shǎo

才　了　蚕　桑　又　插　田。
cái liǎo cán sāng yòu chā tián

【注释】

①诗题一作《乡村四月》。诗以景物作衬托，写江南田家四月冒雨耕作的情形，赞颂了农民的辛勤劳作。

②翁卷：字续古，一字灵舒，永嘉乐清（今属浙江）人，南宋诗人。工诗，与徐照（字灵晖）、徐玑（字灵渊）、赵师秀（字灵秀）三人诗名相当，并称"永嘉四灵"。他们的诗风承袭晚唐，选择了晚唐诗人贾岛、姚合的道路，要求以清新刻露之词写野逸清瘦之趣。继承了山水诗人、田园诗人的传统，满足于啸傲田园、寄情泉石的闲逸生活。在艺术上，又能刻意求工，忌用典，尚白描，轻古体而重近体，尤重五律。在较大程度上纠正了江西派诗人以学问为诗的习气。

③山原：山和原野。川：河流。

④雨如烟：细雨蒙蒙，如烟如雾。

tí liú huā
题 榴 花①

韩 愈
hán yù

wǔ yuè liú huā zhào yǎn míng
五 月 榴 花 照 眼 明②，

zhī jiān shí jiàn zǐ chū chéng
枝 间 时 见 子 初 成③。

kě lián cǐ dì wú chē mǎ
可 怜 此 地 无 车 马④，

diān dǎo cāng tái luò jiàng yīng
颠 倒 苍 苔 落 绛 英⑤。

【注释】

①此为《题张十一旅舍三咏》之一《榴花》篇，作于唐宪宗元和元年（806）。诗借描写石榴花自开自落，无人观赏，含蓄地表达对怀才不遇者的同情与惋惜。也有人将诗理解为表达诗人对清幽景物的欣赏。

②榴花：石榴花，开于五月。照眼明：见石榴花开眼前一亮，言其艳丽夺目。

③子初成：石榴刚结果实。

④可怜：可惜。无车马：没有车马，无人来赏。

⑤颠倒：横竖，散乱。苍苔：一作"青苔"。绛英：红花，指石榴花。

村 晚①
cūn wǎn

léi zhèn
雷 震②

草 满 池 塘 水 满 陂③，
cǎo mǎn chí táng shuǐ mǎn bēi

山 衔 落 日 浸 寒 漪④。
shān xián luò rì jìn hán yī

牧 童 归 去 横 牛 背，
mù tóng guī qù héng niú bèi

短 笛 无 腔 信 口 吹⑤。
duǎn dí wú qiāng xìn kǒu chuī

【注释】

①这首诗描写优美的乡村景象以及牧童晚归的悠闲自在，表现对隐逸生活的赞美与向往。

②雷震：宋代诗人，生平不详。

③陂（bēi）：池塘，山坡。池塘：《宋诗纪事》作"寒塘"。

④山衔落日：太阳被山峦遮挡住了一部分，好像山含着太阳一样。衔，含。寒漪（yī）：指带有寒意的水纹。漪，水纹。

⑤无腔：没有腔调，这里是说随意地吹，不是说难听得跑调。信口吹：随意地吹。

牧童归去横牛背，短笛无腔信口吹

书湖阴先生壁^①

shū hú yīn xiān shēng bì

wáng ān shí
王 安 石

máo yán cháng sǎo jìng wú tái
茅 檐 常 扫 净 无 苔^②，

huā mù chéng qī shǒu zì zāi
花 木 成 蹊 手 自 栽^③。

yī shuǐ hù tián jiāng lǜ rào
一 水 护 田 将 绿 绕^④，

liǎng shān pái tà sòng qīng lái
两 山 排 闼 送 青 来^⑤。

【注释】

①诗以清丽的语言、工稳的对仗写出湖阴先生居所的清幽、景色的优美，从而含蓄地赞扬其人品高洁，气度不凡。湖阴先生：即杨骥，字德逢，是一位躬耕田园的隐士，也是作者晚年住金陵钟山时的朋友。王安石另有诗《元丰行示德逢》："湖阴先生坐草室，看踏沟车望秋实……先生在野故不穷，击壤至老歌元丰。"《游城东示深之德逢》、《招杨德逢》、《陶缜菜示德逢》等数首，可见交情之深。

②茅檐：盖着茅草的房檐。净无苔：干净得没有一丝青苔。苔，隐花植物的一种，根、茎、叶的区别不明显，常贴在阴湿的地方生长。

③蹊（xī）：小路。一作"畦"，指划分成块的田地。手自栽：亲自栽种。

④护：回护。

⑤排闼（tà）：推门。门在古代又称作闼。

乌衣巷^①

wū yī xiàng

liú yǔ xī
刘禹锡

zhū què qiáo biān yě cǎo huā
朱雀桥边野草花^②，

wū yī xiàng kǒu xī yáng xié
乌衣巷口夕阳斜。

jiù shí wáng xiè táng qián yàn
旧时王谢堂前燕^③，

fēi rù xún cháng bǎi xìng jiā
飞入寻常百姓家^④。

【注释】

①此为《金陵五题》第二首，作于唐敬宗宝历中（825—826）和州。唐穆宗长庆四年（824）秋，刘禹锡由夔州刺史改任和州刺史，浮舟东下，观洞庭，历夏口，抵和州。宝历二年（826）秋罢和州刺史，游建康，与李白相逢于扬子津，同游扬州半月，冬由楚州北归。诗借王谢堂前燕飞入平民百姓家的命运变化暗示人世变迁，寄托了诗人对世事沧桑变化的无限感慨。乌衣巷：在今江苏南京东南秦淮河南岸，三国时曾是东吴的军营，因士兵衣黑衣，故名。东晋时曾是王导、谢安家族的所在，一说因为王谢子弟多穿黑衣服，所以叫乌衣巷。

②朱雀桥：秦淮河上桥名，建于东晋咸康二年（336），面对金陵朱雀门，离乌衣巷很近，在六朝时是市中心通往乌衣巷的必经之路。

③旧时：从前。王谢：东晋宰相王导、谢安家族是当时最大的豪门世家。

④寻常：平常，普通。

送 元 二 使 安 西 ①

sòng yuán èr shǐ ān xī

王 维 ②

wáng wéi

渭 城 朝 雨 浥 轻 尘 ③，
wèi chéng zhāo yǔ yì qīng chén

客 舍 青 青 柳 色 新 ④。
kè shè qīng qīng liǔ sè xīn

劝 君 更 尽 一 杯 酒 ⑤，
quàn jūn gèng jìn yī bēi jiǔ

西 出 阳 关 无 故 人 ⑥。
xī chū yáng guān wú gù rén

【注释】

①诗题一作《赠别》，又名《阳关三叠》、《渭城曲》。诗写祖席送别劝酒的情形，前两句交待时间、地点、环境气氛，衬托凝重心情，后两句直抒胸臆，表达了友谊之深、离别之苦。在送别这个常见诗歌类别中，王维这首诗影响最大，被刘辰翁推为"古今第一"，王士禛称为唐人七绝压卷之作。元二：作者友人，姓元，排行老二，具体事迹不详。使：出使。安西：唐代安西都护府，治所在今新疆库车附近。

②王维（700—761）：字摩诘，原籍太原祁州（今属山西），后随父迁居蒲州（今山西永济），遂为蒲州人，是盛唐诗坛上极负盛名的诗人，因官至尚书右丞，所以人称王右丞。自幼聪颖，九岁时便能作诗写文章，而且工于草书隶书，娴于丝竹音律，擅长绘画，是个多才多艺的才子。

③渭城：秦咸阳城汉时改称渭城，在今陕西西安西北，由西安到安西途经渭城。朝雨：晨雨。浥（yì）：沾湿。轻尘：地上的浮土。

④客舍：旅舍。柳色新：古人送别要折柳相送，柳与"留"谐音，有惜别之意。

⑤更：再。尽：喝干。

⑥阳关：故址在今甘肃敦煌西南，玉门关之南，为古代通往西域的交通要道。

tí běi xiè bēi
题 北 榭 碑 ①

lǐ bái
李 白

yī wéi qiān kè qù cháng shā
一 为 迁 客 去 长 沙 ②，

xī wàng cháng ān bù jiàn jiā
西 望 长 安 不 见 家 。

huáng hè lóu zhōng chuī yù dí
黄 鹤 楼 中 吹 玉 笛 ③，

jiāng chéng wǔ yuè luò méi huā
江 城 五 月 落 梅 花 ④。

【注释】

①诗题一作《与史郎中钦听黄鹤楼上吹笛》，又作《黄鹤楼闻笛》。这首诗是李白乾元元年（758）流放夜郎途经武昌时登黄鹤楼所作。唐肃宗至德二载（757）五月，永王军次浔阳，李白入幕，作《永王东巡歌十一首》，不久永王兵败丹阳，李白于乱军中仓皇奔亡，不久陷浔阳狱中，经江南宣慰使崔涣及御史中丞宋若思多方辩解洗冤，岁暮李白判流放夜郎。诗以贾谊自比，表现了被贬后内心的悲怆、凄凉与惆怅，抒发对朝廷的眷恋和国事的关切。史郎中钦：郎中史钦，事迹不详。北榭碑：楼上有台叫榭，黄鹤楼四面都有台榭，这

首诗题写在北榭碑上，因而得名。

②一为：一旦成为。迁客：被贬谪的人。迁，贬谪，放逐。去长沙：暗用西汉贾谊典故，贾谊受谗，贬官长沙，写下了千古流传的《吊屈原赋》，诗人以此自喻。

③黄鹤楼：楼名，在今武昌。

④江城：鄂州，今湖北武昌。落梅花：古曲名，这里有双关之意，即也可理解为《梅花落》笛曲使人听了凛然生寒意，似乎五月的江城落满了梅花。

tí huái nán sì
题 淮 南 寺 ①

chéng hào
程　颢

nán qù běi lái xiū biàn xiū
南 去 北 来 休 便 休 ②，

bái pín chuī jìn chǔ jiāng qiū
白 蘋 吹 尽 楚 江 秋 ③。

dào rén bù shì bēi qiū kè
道 人 不 是 悲 秋 客 ④，

yī rèn wǎn shān xiāng duì chóu
一 任 晚 山 相 对 愁 ⑤。

【注释】

①诗人以道人自许，直抒胸臆，写自己不为秋残而忧愁，表现了诗人不为物役、旷达自持的精神。淮南：宋设淮南道，治所在扬州（今扬州市），淮南寺当在其附近。

②休便休：想休息就休息，表现出了诗人闲适自得的情态。

③白蘋：即白萍，浮生于水面的萍草，初秋开白花。楚江：就是今

天的长江。

④道人：诗人自称。悲秋客：为秋而伤感的人。宋玉开启中国文人悲秋之思，文人多被称为悲秋客。

⑤一任：任凭。愁：秋色自悲自愁，拟人的手法。

秋 月 ①

朱熹

清溪流过碧山头，
空水澄鲜一色秋②。
隔断红尘三十里，
白云黄叶共悠悠③。

【注释】

①此为《入瑞岩道间得四绝句呈彦集、充父二兄弟》之第三首。诗借物喻人，通过描绘秋月的玲珑皎洁、秋空的明朗，表现诗人超脱凡俗的人生境界。

②空水：清澈透明的水。王昌龄《巴陵送李十二》："山水不见秋城色，日暮蒹葭空水云。"澄鲜：明净清亮。谢灵运《登江中孤屿》："云日相辉映，江水共澄鲜。"

③黄叶：落叶。一作"红叶"。悠悠：悠远，自由。

七夕^① qī xī

杨 朴^② yáng pǔ

未 会 牵 牛 意 若 何^③，
wèi huì qiān niú yì ruò hé

须 邀 织 女 弄 金 梭^④。
xū yāo zhī nǚ nòng jīn suō

年 年 乞 与 人 间 巧^⑤，
nián nián qǐ yǔ rén jiān qiǎo

不 道 人 间 巧 几 多 。
bù dào rén jiān qiǎo jǐ duō

【注释】

①诗人别出心裁，借乞巧立意，通过写人间奇巧已多，表现出对世上尔虞我诈的所谓技巧的愤激之情。七夕：农历七月七日，又叫乞巧节，相传此日牛郎与织女鹊桥相会。妇女们在院子里摆上瓜果，结彩线，对月穿七孔针，向织女祈求智慧。

②杨朴：字契玄（一作先），郑州东里（今河南新郑）人，五代北宋初诗人。太宗、真宗尝以布衣召，皆辞归。

③会：会意，明白。牵牛：传说中的牛郎。意若何：有什么打算。

④须：应该。织女：传说中的天帝孙女，巧于织作。私自下凡与牛郎结为夫妻，被天帝惩罚，每年七月七日被允许与牛郎在天河相会一次。

⑤乞与：请求给与。唐林杰《乞巧》："七夕今宵看碧霄，牵牛织女渡河桥。家家乞巧望秋月，穿尽红丝几万条。"

lì qiū
立 秋 ①

liú hàn
刘 翰 ②

rǔ yā tí sàn yù píng kōng
乳 鸦 啼 散 玉 屏 空 ③，

yī zhěn xīn liáng yī shàn fēng
一 枕 新 凉 一 扇 风 。

shuì qǐ qiū shēng wú mì chù
睡 起 秋 声 无 觅 处 ④，

mǎn jiē wú yè yuè míng zhōng
满 阶 梧 叶 月 明 中 ⑤。

【注释】

①这首诗用乳鸦、明月、梧桐叶，营造出一个清丽意境，通过对秋空、新凉梧桐叶落等自然景观的细腻描绘，写出了诗人对节令变化的感受。立秋：二十四节气之一，在农历八月八日前后，我国传统上把立秋作为秋天的开始。

②刘翰：字武子，长沙（今属湖南）人。曾为宋高宗宪圣吴皇后侄吴益之子吴琚的门客，有诗词投呈张孝祥、范成大。曾长期客居临安，最后以布衣终身。

③乳鸦：小乌鸦。散：散去，消失。玉屏：原意为玉作的屏风，或玉色的屏风，这里用来比喻夜空，形容夜色空明，月光皎洁如玉。

④秋声：秋风的萧瑟声。

⑤梧叶：梧桐叶，立秋之后，梧桐叶先落。

秋 夕 qiū xī ①

杜 牧 dù mù

银 烛 秋 光 冷 画 屏 ②，
yín zhú qiū guāng lěng huà píng

轻 罗 小 扇 扑 流 萤 ③。
qīng luó xiǎo shàn pū liú yíng

天 阶 夜 色 凉 如 水 ④，
tiān jiē yè sè liáng rú shuǐ

卧 看 牵 牛 织 女 星 ⑤。
wò kàn qiān niú zhī nǚ xīng

【注释】

①诗题一作《七夕》，又作《秋夜官词》。诗写在牛郎织女团聚的时刻，女子独居空房，抒发其幽怨之情。此诗中的吟咏者一说是宫女，一说是闺中少妇。

②银烛：白蜡烛。一作"红烛"。宋吴潜《闻同官会碧沚用出郊韵》："颇闻秩秩玳筵展，莫遣匆匆银烛残。"画屏：绘有图画的屏风。李白《秋浦歌》："江祖一片石，青天扫画屏。题诗留万古，绿字锦苔生。"

③轻罗小扇：用又轻又薄的绢绸作的小团扇。流萤：飞动的萤火虫。

④天阶：宫中台阶。一作"天街"，指天上的街市。

⑤卧看：一作"坐看"。

zhōng qiū yuè
中秋月①

sū shì
苏轼

mù yún shōu jìn　yì qīng hán
暮云收尽溢清寒，

yín hàn wú shēng zhuàn yù pán
银汉无声转玉盘。

cǐ shēng cǐ yè bù cháng hǎo
此生此夜不长好，

míng yuè míng nián hé chù kān
明月明年何处看。

【注释】

①这首诗是苏轼任徐州知州时所作，作于元丰元年（1078）中秋，一说作于熙宁十年（1077）中秋，当时其弟苏辙也在徐州，两人共赏月光。诗吟咏中秋月的皎洁美好，感叹韶华易逝，表达了对生活的热爱。中秋：农历八月十五为中秋节。

jiāng lóu yǒu gǎn
江楼有感①

zhào gǔ
赵嘏②

dú shàng jiāng lóu　sī qiāo rán
独上江楼思悄然③，

yuè guāng rú shuǐ shuǐ rú tiān
月光如水水如天。

tóng lái wán yuè rén hé zài
同来玩月人何在④？

fēng jǐng yī xī sì qù nián
风景依稀似去年。

【注释】

①诗抚今追昔,写皓月依旧当空,去岁共游故人不在,抒发了对友人的怀念、独登江楼的惆怅心情以及物是人非的感慨。

②赵嘏:字承祐,楚州山阳(今江苏淮阴)人,约生于宪宗元和元年(806)。年轻时四处游历,会昌年间进士及第。会昌末或大中初入仕为渭南尉。约宣宗大中六、七年(852、853)卒于任上。存诗二百多首,其中七律、七绝最多且较出色。有《渭南集》三卷。

独上江楼思悄然

③思悄然:形容愁思萦绕的神态。悄然,一作"渺然"。

④玩月:赏月。玩月,一作"望月",又作"看月"。何在:在哪里。

tí lín ān dǐ
题临安邸①

lín shēng
林升②

shān wài qīng shān lóu wài lóu
山外青山楼外楼③,
xī hú gē wǔ jǐ shí xiū
西湖歌舞几时休④。
nuǎn fēng xūn dé yóu rén zuì
暖风薰得游人醉⑤,
zhí bǎ háng zhōu zuò biàn zhōu
直把杭州作汴州⑥。

【注释】

①这是首政治讽刺诗,讽刺南宋统治阶层早已把恢复大业抛到九霄云外,偏安一隅,贪图享乐,过着醉生梦死的日子。临安:南宋都城,在今浙江杭州。邸(dǐ):客栈。

②林升:字梦屏,平阳(今属浙江)人。大约生活在南宋孝宗朝(1163—1189),是一位擅长诗文的士人。

③山外青山楼外楼:写临安湖光山色,风景秀丽,都市繁华。山外青山,青山之外还有青山,言临安山多。楼外楼,楼外还有楼,说临安楼多。

④西湖歌舞几时休:写上层人物歌舞升平。几时,何时。休,停止。

⑤熏:熏染。

⑥直:简直。直把,《西湖游览志余》作"便把"。汴州:北宋京城,在今河南开封市附近。

xiǎo chū jìng cí sì sòng lín zǐ fāng
晓 出 净 慈 寺 送 林 子 方①

yáng wàn lǐ
杨 万 里

bì jìng xī hú liù yuè zhōng
毕 竟 西 湖 六 月 中②,

fēng guāng bù yǔ sì shí tóng
风 光 不 与 四 时 同③。

jiē tiān lián yè wú qióng bì
接 天 莲 叶 无 穷 碧④,

yìng rì hé huā bié yàng hóng
映 日 荷 花 别 样 红。

【注释】

①诗用白描的手法描绘了西湖六月的独特优美风光，表现了对西湖风光的由衷赞赏，含蓄地表达了惜别之情。净慈寺：原名净慈报恩光孝禅寺，位于西湖边上，与灵隐寺为西湖两大名寺。林子方：林枅，莆田人，曾以直阁秘书漕闽部。

②毕竟：到底。

③四时：四季，这里泛指夏季以外的三季。

④接天莲叶：极力写西湖荷花种植面积大，远远地与天相连，是夸张的手法。无穷碧：也是用夸张的手法极力描绘六月西湖荷花的碧绿。

yǐn hú shàng chū qíng hòu yǔ
饮湖上初晴后雨①

sū shì
苏轼

shuǐ guāng liàn yàn qíng fāng hǎo
水光潋滟晴方好②，
shān sè kōng méng yǔ yì qí
山色空蒙雨亦奇③。
yù bǎ xī hú bǐ xī zǐ
欲把西湖比西子④，
dàn zhuāng nóng mǒ zǒng xiāng yí
淡妆浓抹总相宜⑤。

【注释】

①宋神宗熙宁四年 (1071) 六月，苏轼以太常博士直史馆出为杭州通判，熙宁六年 (1073) 作此诗，原诗共两首，本诗是其二。诗描写了西湖的湖光山色和晴姿雨态，用概括性极强的语言写出西湖奇景，

西子的比喻更是遗形取神，空灵通脱。湖：西湖。

②潋滟（liàn yàn）：波光动荡的样子。

③空蒙：烟雨迷蒙。

④西子：西施，春秋末期越国人，与王昭君、貂婵、杨玉环并称古代四大美女，因为此诗，后世又称西湖为西子湖。

⑤相宜：相称，合适。

入 直①

周必大②

绿槐夹道集昏鸦③，
敕使传宣坐赐茶④。
归到玉堂清不寐⑤，
月钩初上紫薇花⑥。

【注释】

①诗题一作《入直召对宣德殿，赐茶而退》。诗作于宋孝宗乾道七年（1171）七月，诗人时任左丞相。诗写入直召对后久久不能入睡，表现了受到皇帝礼遇后的激动以及对国事的忧思、对朝政的关切。入直：即入值，进宫值班供职，这里指入宫供奉。召对：被帝王召去询问国事。

②周必大（1126—1204）：南宋文学家，字子充，一字洪道，号省斋居士，晚号平园老叟，庐陵（吉安县永和）人。

③集：聚集。昏鸦：黄昏归巢的乌鸦。

④敕（chì）使：传达皇帝命令的使者。传宣：传令宣诏。坐：因为，也可理解为坐着喝茶。

⑤玉堂：宋苏易简为学士，太宗以飞白书"玉堂之署"赐之，后世称翰林院为玉堂。清不寐：神清气爽，或可解作夜色清明不能入睡。

⑥月钩：残月形似钩故称月钩。初上：一作"初照"。紫薇：落叶乔木，高丈余，花紫红色，又名百日红，古代中书省常栽此花，唐时宰相曾称紫薇令。白居易《紫薇花》："独坐黄昏谁是伴，紫薇花对紫薇郎。"

xià rì dēng chē gài tíng
夏日登车盖亭①

cài què
蔡确②

zhǐ píng shí zhěn zhú fāng chuáng
纸 屏 石 枕 竹 方 床③，

shǒu juàn pāo shū wǔ mèng cháng
手 倦 抛 书 午 梦 长。

shuì qǐ wǎn rán chéng dú xiào
睡 起 莞 然 成 独 笑，

shù shēng yú dí zài cāng làng
数 声 渔 笛 在 沧 浪④。

【注释】

①元祐初，宣仁高太后听政，启用旧党，排斥新党。元祐二年（1087），蔡确罢职陈州，以弟蔡硕赃败，徙安州（今湖北安陆）车盖亭，夏日登车盖亭，作此诗。诗写作者贬官后的闲散生活，抒发了对隐逸生活的向往，曲折地表达了对现实生活的不满。

②蔡确（1037—1093）：字持正，泉州晋江（今福建泉州）人。

③纸屏：纸做的屏风。竹方床：方形竹床。

④渔笛：渔人吹奏的笛声。沧浪：原指清苍水色，这里指水面。

zhí yù táng zuò
直玉堂作①

hóng zī kuí
洪咨夔②

jìn mén shēn suǒ jì wú huá
禁门深锁寂无哗③，

nóng mò lín lí liǎng xiāng má
浓墨淋漓两相麻④。

chàng chè wǔ gēng tiān wèi xiǎo
唱彻五更天未晓⑤，

yǐ chí yuè jìn zǐ wēi huā
一墀月浸紫薇花⑥。

【注释】

①诗题一作《六月十六日宣锁》，又作《禁锁》。诗写翰林院值夜班替代皇帝起草诏书的轻松酣畅，流露出诗人春风得意、踌躇满志的神情。直：入值，入官值班。

②洪咨夔（kuí，1176—1236）：字舜俞，号平斋，临安於潜（今浙江临安）人，宋宁宗嘉定二年（1209）进士。一生酷爱读书，著作较多，且藏书甚富。据载藏书有一万三千卷，藏于天目山宝福寺闻覆阁。

③禁门：官门。寂无哗：寂静，无人声喧哗。

④两相麻：两份任命丞相的诏书，南宋设左右丞相，拜相前授意翰林院用黄麻纸起草诏令。

⑤唱彻五更：指鸡人已报过五更，古时官中设有鸡人，专司报更。唱彻，唱到。

⑥墀（chí）：官殿前的台阶。

竹　楼 ①
zhú　lóu

lǐ jiā yòu ②
李嘉祐

傲 吏 身 闲 笑 五 侯 ③，
ào　lì　shēn xián xiào wǔ hóu

西 江 取 竹 起 高 楼 ④。
xī jiāng qǔ zhú qǐ gāo lóu

南 风 不 用 蒲 葵 扇 ⑤，
nán fēng bù yòng pú kuí shàn

纱 帽 闲 眠 对 水 鸥 ⑥。
shā mào xián mián duì shuǐ ōu

【注释】

①诗题一作《寄王舍人竹楼》。诗写一个不求闻达、啸傲权豪的官吏的闲适生活，表达了对友人人格的钦慕与赞赏。

②李嘉祐（719？—781？）：字从一，赵州（今属河北）人。工诗，有诗名，与钱起、严维、刘长卿、冷朝阳诸人友善，有唱和。为诗丽婉，有齐梁风。

③傲吏：恃才傲物的清闲官吏。晋郭璞《游仙》："漆园有傲吏，莱氏有逸妻。"

④西江：泛指江西一带，其地多竹，诗人大历年间曾为袁州（今江西宜春一带）刺史。

⑤蒲葵扇：蒲葵做成的扇子。蒲葵，一种常绿乔木，叶可制扇。

⑥纱帽：古代君主或官员戴的一种帽子，明代始定为文武官员常礼服，后泛指官帽。也有人解为夏季的凉帽。

zhí zhōng shū shěng
直中书省 ①

bái jū yì
白居易 ②

sī lún gé xià wén zhāng jìng
丝纶阁下文章静③,

zhōng gǔ lóu zhōng kè lòu cháng
钟鼓楼中刻漏长④。

dú zuò huáng hūn shuí shì bàn
独坐黄昏谁是伴,

zǐ wēi huā duì zǐ wēi láng
紫薇花对紫薇郎⑤。

【注释】

①诗题一作《紫薇花》。诗作于长庆元年（821），白居易时任中书舍人入值中书省。诗写翰林院值夜班闲暇的寂寞孤独，反映出诗人忧国忧民，以国事为重的高尚品质。中书省：官署名，唐代与尚书、门下同为中央行政机关。

②白居易（772—846）：唐朝著名诗人，字乐天，太原（今属山西）人，后迁居下邽（今陕西渭南东北）。诗歌境界开阔，倾向鲜明，重讽喻，尚坦易，为中唐大家，对后世影响很大。

③丝纶阁：中书省，是帝王颁发诏书的地方。丝纶，帝王的诏书，语出《礼记·缁衣》："王言如丝，其出如纶。"孔颖达疏："王言初出，微细如丝，及其出行于外，言更渐大，如似纶也。"后因称帝王诏书为"丝纶"。宋王之道《紫薇花》："枝压画檐朝露重，影摇苔砌午风微。何当草沼丝纶阁，伴我黄昏坐禁闱。"文章：一作"文书"。

④钟鼓楼：专门报时辰的楼，常以敲钟、击鼓为号，故称钟鼓楼。

刻漏：古代以铜壶滴漏计时，依据漏壶中标尺的刻度来判断时间，这里泛指时间。

⑤紫薇郎：唐代称中书省为紫薇省，中书令为紫薇令，中书侍郎为紫薇侍郎，白居易任中书舍人，故称紫薇郎。

guān shū yǒu gǎn
观 书 有 感 ①

zhū xī
朱 熹

bàn mǔ fāng táng yī jiàn kāi
半 亩 方 塘 一 鉴 开 ②，

tiān guāng yún yǐng gòng pái huái
天 光 云 影 共 徘 徊 ③。

wèn qú nǎ dé qīng rú xǔ
问 渠 那 得 清 如 许 ④，

wèi yǒu yuán tóu huó shuǐ lái
为 有 源 头 活 水 来 。

【注释】

①诗以半亩方塘做比喻，抒发读书时茅塞顿开的喜悦，说明只有多读书，根植深厚，才能境界开阔。

②鉴：镜子。开：打开，古代镜子上覆镜袱，用时打开。

③徘徊：来回移动。三国魏曹植《七哀》诗："明月照高楼，流光正徘徊。"

④渠：第三人称代词，它，指池塘。那得：怎么能够。清如许：如此清澈。

泛舟① (fàn zhōu)

朱熹 (zhū xī)

昨夜江边春水生，
zuó yè jiāng biān chūn shuǐ shēng

艨艟巨舰一毛轻②。
méng chōng jù jiàn yī máo qīng

向来枉费推移力③，
xiàng lái wǎng fèi tuī yí lì

此日中流自在行④。
cǐ rì zhōng liú zì zài xíng

昨夜江边春水生

【注释】

①此为《观书有感二首》之二。诗以泛舟做比喻，说明做事情一定要遵循客观规律，客观条件达到了，就会事半功倍，一气呵成。做学问也要厚积薄发，功到自然成。泛舟：舟浮行于水上。

②艨艟(méng chōng)：古代的一种战船。一毛轻：像一支羽毛一样轻。

③向来：一向，历来。枉费：徒费，白费。

④中流：河流之中。

冷 泉 亭 ①
lěng quán tíng

林 積 ②
lín zhěn

一 泓 清 可 沁 诗 脾 ③，
yī hóng qīng kě qìn shī pí

冷 暖 年 来 只 自 知 ④。
lěng nuǎn nián lái zhǐ zì zhī

流 出 西 湖 载 歌 舞 ⑤，
liú chū xī hú zài gē wǔ

回 头 不 似 在 山 时 ⑥。
huí tóu bù sì zài shān shí

【注释】

①诗人以冷泉为喻，慨叹善始善终的不易，表达了诗人对持守节操者的赞赏，对当时污浊不堪社会的不满。冷泉亭：杭州西湖飞来峰下有泉叫做冷泉，上建有冷泉亭。

②林积，字丹山，长洲人（今江苏苏州）人。神宗熙宁九年（1076）进士。其余不详。

③一泓（hóng）：一汪深水。清可：清澈可人。诗脾：诗思。宋杨万里《仲良见和再和谢焉》："未惜诗脾苦，端令鬼胆寒。"

④年来：年来年去，岁月更替。

⑤载：浮起，承载。歌舞：满载歌儿舞女的船。

⑥不似：不像。

冬 景 ①

dōng jǐng

sū shì
苏 轼

荷尽已无擎雨盖②，

菊残犹有傲霜枝③。

一年好景君须记④，

最是橙黄橘绿时⑤。

【注释】

①诗作于宋哲宗元祐五年（1090）初冬，苏轼知杭州时。诗题一作《赠刘景文》。刘景文，刘季孙，河南祥符（今河南开封境内）人，苏轼任杭州知州时任两浙兵马都监，与苏轼有诗酒往来，交往很深。后因苏轼荐知隰州。诗写深秋初冬的景色，将萧瑟的景物写得富有生机，借物喻人，赞颂刘景文的品格与节操，表现了诗人旷达乐观的性情和胸襟。

②擎（qíng）雨盖：指荷叶。擎，举。

③菊残：秋菊已经开败。

④君：您。须：应该。

⑤最是：正是。橙黄橘绿：秋季，橙橘成熟于秋天。宋陆游《天凉时往来湖山间有作》："泛舟菰脆鲈肥地，把酒橙黄橘绿天。"

fēng qiáo yè bó
枫 桥 夜 泊 ①

zhāng jì
张 继 ②

yuè luò wū tí shuāng mǎn tiān
月 落 乌 啼 霜 满 天 ③，
jiāng fēng yú huǒ duì chóu mián
江 枫 渔 火 对 愁 眠 ④。
gū sū chéng wài hán shān sì
姑 苏 城 外 寒 山 寺 ⑤，
yè bàn zhōng shēng dào kè chuán
夜 半 钟 声 到 客 船 。

【注释】

①诗题一作《夜泊枫江》。作于诗人客居苏州时。诗生动地写出了诗人夜泊枫桥的见闻感受，营造一种凄迷氛围，抒发了羁旅他乡的孤寂与惆怅。月、乌鸦、霜、枫树、渔火本来是诗歌中常见的词语，诗人将它们组合在一起，形成一种凄冷哀愁的氛围，写出客子羁旅之思。此后陈允平"月落乌啼，渐霜天、钟残梦晓"词句，便是由此而来。枫桥：在今江苏苏州阊门外。

②张继：唐代诗人，字懿孙。襄州（今湖北襄樊）人。天宝十二载（753）中进士。张继诗现

月落乌啼霜满天，江枫渔火对愁眠

存约40首，主要是纪行游览、酬赠送别之作，多为五七言律诗及七言绝句。语言明白自然，不尚雕饰。

③乌啼：乌鸦啼叫。一说乌啼为地名，在枫桥西南。

④江枫：江边的枫树。一说江枫为二桥名。对愁眠：怀着忧愁睡觉。

⑤姑苏：苏州的别称，因苏州城外有姑苏山而得名。寒山寺：位于苏州城西十里的枫桥镇，创建于梁代天监年间，初名"妙利普明寺院"。相传唐代诗僧寒山子曾任主持，遂改名寒山寺。

寒　夜①
hán　yè

杜耒②
dù lěi

寒夜客来茶当酒，
hán yè kè lái chá dāng jiǔ

竹炉汤沸火初红。
zhú lú tāng fèi huǒ chū hóng

寻常一样窗前月，
xún cháng yī yàng chuāng qián yuè

才有梅花便不同。
cái yǒu méi huā biàn bù tóng

【注释】

①诗写寒夜故人来访的喜悦、温馨，红红的炉火、滚开的水给人以温暖，三四句用比喻的手法写诗人内心的欣喜。

②杜耒（?—1227）：字子野，号小山，南城（今属江西）人，曾官主簿。嘉定年间为淮东安抚制置使许国幕僚，理宗宝庆三年死于军乱。

霜 夜 ①
shuāng yè

李 商 隐 ②
lǐ shāng yǐn

初 闻 征 雁 已 无 蝉 ③，
chū wén zhēng yàn yǐ wú chán

百 尺 楼 台 水 接 天 ④。
bǎi chǐ lóu tái shuǐ jiē tiān

青 女 素 娥 俱 耐 冷 ⑤，
qīng nǚ sù é jù nài lěng

月 中 霜 里 斗 婵 娟 ⑥。
yuè zhōng shuāng lǐ dòu chán juān

【注释】

①诗用绮丽独特的语言写秋夜雁声、楼台碧水以及秋月寒霜的竞相媲美，将普通人眼里的凄清萧瑟的秋夜写得生意盎然，赞扬经得起风霜磨难的精神。

②李商隐(812—858)：字义山，号玉谿生，又号樊南生，晚唐著名诗人。原籍怀州河内(今河南沁阳)人，他的先祖是李唐王室旁支，然而自其高祖以来家境已衰落。其诗独辟蹊径，开拓出寄情深婉的新境界，深深影响了晚唐和宋初西昆体诗人及清代钱谦益诸诗人。

③征雁：远飞的雁，这里指南飞的雁。已无蝉：已经听不到蝉声了。

④百尺楼台：泛指高楼。

⑤青女：神话传说中的霜神。素娥：嫦娥。俱：都。

⑥婵娟：姿态美好的样子。

méi
梅①

wáng qí
王 淇②

bù shòu chén āi bàn diǎn qīn
不 受 尘 埃 半 点 侵③，
zhú lí máo shè zì gān xīn
竹 篱 茅 舍 自 甘 心④。
zhǐ yīn wù shí lín hé jìng
只 因 误 识 林 和 靖⑤，
rě dé shī rén shuō dào jīn
惹 得 诗 人 说 到 今。

只因误识林和靖，惹得诗人说到今

【注释】

①诗用幽默的语言，拟人的手法，通过写梅花因为结识林逋引人注目而懊悔，赞颂梅花一尘不染的高洁品质和安贫乐道的精神。

②王淇：北宋诗人，生平不详。

③侵：沾染，污染。

④甘心：快意，安于现状。

⑤误识：错误地结识。林和靖：林逋，字君复，谥和靖先生，北宋诗人，钱塘人，隐居西湖孤山，终身不仕，终身不娶，植梅花养仙鹤为伴，称"梅妻鹤子"，其《山园小梅》有名句"疏影横斜水清浅，暗香浮动月黄昏"为人传诵。

早春①
zǎo chūn

白玉蟾②
bái yù chán

南枝才放两三花③，
nán zhī cái fàng liǎng sān huā

雪里吟香弄粉些④。
xuě lǐ yín xiāng nòng fěn xiē

淡淡著烟浓著月⑤，
dàn dàn zhuó yān nóng zhuó yuè

深深笼水浅笼沙⑥。
shēn shēn lǒng shuǐ qiǎn lǒng shā

【注释】

①诗前两句写梅花开得早，向阳的枝杈才有两三朵雪里飘香，后两句写梅的神韵，表现了对梅的喜爱，盼春的急切及高雅的情趣。

②白玉蟾：南宋道人，原名葛长庚，字白叟、以阅、众甫，号海琼子、武夷散人、海南翁、琼山道人、神霄散吏、紫清真人。祖籍福建闽清县，出生于海南岛琼州，后来母亲改嫁，继为白氏子，遂易名白玉蟾。全真教尊为南五祖之一。白玉蟾博洽群书，能诗善赋，工书擅画。

③南枝：向阳的枝条，因得光多，所以开花早。

④吟香：吟咏初放的香花。弄粉：赏玩含苞初放的花蕊。些（suò）：句末语气助词。《楚辞·招魂》："魂兮归来，去君之恒干，何为四方些。"

⑤著：罩着。

⑥深深笼水浅笼沙：说梅花的影子随着月亮的移动，或深深地投入溪水，或者浅浅地印在沙上。

雪梅 其一^①

卢梅坡^②

梅雪争春未肯降^③，
骚人阁笔费评章^④。
梅须逊雪三分白^⑤，
雪却输梅一段香。

【注释】

①诗题一作《梅花》。诗歌以生动活泼的语言写梅、雪谁也不服输，只好请诗人来做个判断，而诗人费了好大工夫才发现二者各有千秋，借此写出诗人赏梅、赏雪的雅兴。

②卢梅坡：南宋诗人，生平不详。梅坡，应该不是他的名字，而是他自号为梅坡。刘过曾有一首词《柳梢青·送卢梅坡》："泛菊杯深，吹梅角远，同在京城。聚散匆匆，云过孤雁，水上浮萍。教人怎不伤情。觉几度、魂飞梦惊。后夜相思，尘随马去，月逐舟行。"

③争春：竞春，争夺春色。降：降伏，认输。

④骚人：诗人。唐白居易《喜张十八博士除水部员外郎》："长嗟博士官犹屈，亦恐骚人道渐衰。"阁笔：意为诗人自愧文采浅薄，无力表达梅、雪风韵，不敢妄自动笔。阁，同"搁"，放下。评章：评论、判断。

⑤须：本来。逊：差，不如。

雪梅　其二①

xuě méi　qí è

方岳②

fāng yuè

有梅无雪不精神，
yǒu méi wú xuě bù jīng shén

有雪无诗俗了人③。
yǒu xuě wú shī sú liǎo rén

日暮诗成天又雪，
rì mù shī chéng tiān yòu xuě

与梅并作十分春④。
yǔ méi bìng zuò shí fēn chūn

【注释】

①诗写梅、雪在审美境界上互相依存，谁也离不开谁，而真正的雅兴却在于梅、雪并存而且有吟诗。梅花开放时刻，自己的咏梅诗刚写成，天公作美又下雪了，于是诗人感受到了无限春意。诗见方岳《秋崖集》卷四《梅花十咏》之九。《千家诗》此诗作者原署卢梅坡，误。

②方岳（1199—1262）：南宋诗人，词人。字巨山，号秋崖。祁门（今属安徽）人。

③俗了人：给人一种庸俗

有梅无雪不精神，有雪无诗俗了人

的感觉。

④十分春：十足的春色。

dá zhōng ruò wēng
答 钟 弱 翁 ①

mù tóng
牧 童

cǎo pū héng yě liù qī lǐ
草 铺 横 野 六 七 里 ②，
dí nòng wǎn fēng sān sì shēng
笛 弄 晚 风 三 四 声 ③。
guī lái bǎo fàn huáng hūn hòu
归 来 饱 饭 黄 昏 后 ，
bù tuō suō yī wò yuè míng
不 脱 蓑 衣 卧 月 明 ④。

【注释】

①诗以亲切自然的语言，描绘了牧童牧笛弄晚、夜卧明月的舒适惬意生活，衬托出宦海浮沉、官场险恶。钟弱翁：名傅，字弱翁，宋人，饶州乐平（今江西乐平）人，约生活在北宋末南宋初，以书生被荐为兰州推官，哲宗绍圣年间因破西夏有功，官至集贤殿修撰、龙图阁大学士，历任河中、杭州、延安等知州，曾因虚报边功贬连州别驾。

②横野：遍野。

③弄：伴弄。

④蓑（suō）衣：稻草或棕叶编制的雨具。卧月明：睡在月光下。

bó qín huái
泊秦淮 ①

dù mù
杜 牧

yān lǒng hán shuǐ yuè lǒng shā
烟 笼 寒 水 月 笼 沙 ②,

yè bó qín huái jìn jiǔ jiā
夜 泊 秦 淮 近 酒 家 。

shāng nǚ bù zhī wáng guó hèn
商 女 不 知 亡 国 恨 ③,

gé jiāng yóu chàng hòu tíng huā
隔 江 犹 唱 后 庭 花 ④。

【注释】

①诗题一作《秦淮夜泊》。诗描写月夜秦淮河萧瑟凄清的衰败景象，听到江岸上传来的阵阵靡靡之音，诗人不由得想起了南朝陈的亡国之事，从而对日渐衰落的唐帝国充满忧虑。秦淮：河名，在今江苏南京，横贯全市流入长江，相传秦时所开，凿钟山以疏通淮水，所以叫秦淮河。

②烟笼寒水月笼沙：是"烟"、"月"笼罩在"水"和"沙"上，互文见义的用法。笼，笼罩，

③商女：歌女。亡国恨：南朝国家灭亡的遗恨。

④江：秦淮河。犹：还。后庭花：歌曲名，即《玉树后庭花》，为南朝陈后主陈叔宝所作，歌词中有"玉树后庭花，花开不长久"句，反映宫廷糜烂生活。当时有人认为预言了陈朝的灭亡，后人称此曲为亡国之音。

归雁 ①

钱起 ②

潇湘何事等闲回 ③，
水碧沙明两岸苔 ④。
二十五弦弹夜月 ⑤，
不胜清怨却飞来 ⑥。

【注释】

①诗歌用拟人的手法，通过人雁问答，写大雁忍受不了哀怨的琴瑟声，宁愿放弃"水碧沙明两岸苔"的地方，抒发了诗人宦游他乡的羁旅之思。此诗也可理解为借鸿雁不堪娥皇、女英琴瑟凄苦，吟咏传说本身，表达对她们的同情。

②钱起（712？—780）：字仲文，吴兴（今浙江吴兴）人。早年数次赴试落第，唐天宝七年（748）进士。初为秘书省校书郎、蓝田县尉，后任司勋员外郎、考功郎中、翰林学士等。世称钱考功。与韩翃、李端、卢纶等号称大历十才子。他的诗歌多是应景献酬之作，较少反映社会现实。绝句闲雅纤丽，含蓄蕴藉。因与郎士元齐名，人称："前有沈宋，后有钱郎。"但钱起对此很不满意，说："郎士元安得与余并称也？"有《钱仲文集》，《全唐诗》存诗四卷。

③潇湘：潇水与湘水于湖南零陵县汇合，称为潇湘。相传大雁南飞到衡阳南的回雁峰就不再南飞，冬天过后飞回北方。何事：何故，为什么。等闲：轻易，随便，随意。

二十五弦弹夜月，不胜清怨却飞来

　　④苔：植物名，大雁可以食用。

　　⑤二十五弦：借代，指瑟，古瑟有五十弦，后改为二十五弦。《汉书·郊祀志上》："帝使素女鼓五十弦瑟，悲，帝禁不止，故破其瑟为二十五弦。"弹夜月：传说湘水女神娥皇、女英善于弹瑟，其声哀怨凄苦，晋张华《博物志》卷八载："尧之二女，舜之二妃，曰湘夫人。舜崩，二妃啼，以涕挥竹，竹尽斑。"

　　⑥不胜：不堪，不能忍受。清怨：凄清幽怨。鲁迅《悼丁君》："瑶瑟凝尘清怨绝，可怜无女耀高丘。"

题 壁①
tí bì

wú míng shì
无 名 氏

yī tuán máo cǎo luàn péng péng
一 团 茅 草 乱 蓬 蓬②,

mò dì shāo tiān mò dì kōng
蓦 地 烧 天 蓦 地 空③。

zhēng sì mǎn lú wēi gǔ duò
争 似 满 炉 煨 榾 柮④,

màn téng téng dì nuǎn hōng hōng
慢 腾 腾 地 暖 烘 烘。

【注释】

①诗写于北宋神宗熙宁二年 (1069) 王安石实行变法后。这是首打油诗,通过描写蓬草与榾柮的不同燃烧情形,向人们昭示两种不同的生活态度。也有人说比喻得势小人,一时气焰万丈,一朝身败名裂,前功尽弃。甚至也有人说此诗是反对王安石变法的。全诗用语俚俗,风格诙谐,回味无穷。

②乱蓬蓬:散乱,乱七八糟的样子。

③蓦地:突然地。

④争似:怎么能比上。煨:烤。榾柮 (gǔ duò):木柴块,树根疙瘩。可代炭用。

卷二　七律

早朝大明宫①
zǎo cháo dà míng gōng

贾至②
jiǎ zhì

银烛朝天紫陌长③，
yín zhú cháo tiān zǐ mò cháng

禁城春色晓苍苍④。
jìn chéng chūn sè xiǎo cāng cāng

千条弱柳垂青琐⑤，
qiān tiáo ruò liǔ chuí qīng suǒ

百啭流莺绕建章⑥。
bǎi zhuàn liú yīng rào jiàn zhāng

剑佩声随玉墀步⑦，
jiàn pèi shēng suí yù chí bù

衣冠身惹御炉香⑧。
yī guān shēn rě yù lú xiāng

共沐恩波凤池上⑨，
gòng mù ēn bō fèng chí shàng

朝朝染翰侍君王⑩。
zhāo zhāo rǎn hàn shì jūn wáng

共沐恩波凤池上，
朝朝染翰侍君王

【注释】

①原题为《早朝大明宫呈两省僚友》，两省指分居大明宫左右的中书、门下省。诗作于唐肃宗乾元元年（758）春，唐肃宗大阅诸军后，在含元殿大赦天下，贾至作此诗。诗描写了早朝大明宫时见到的早春景色以及群臣早朝时庄严肃穆的情形，表达了诗人忠于君王的思想感情。早朝：上早朝。大明宫：唐宫殿名，始建于贞观八年（634），初名永安宫，次年改称大明宫，后曾称蓬莱宫。

②贾至（718—772）：字幼几，一作幼邻，贾曾之子，洛阳人，唐代诗人。工诗，音调清畅，俊逸之气不减鲍照、庾信，格调清畅，且多朴实之辞。

③银烛：银色烛光，一说借喻月光。紫陌：指京师郊野的道路。

④禁城：皇城。苍苍：深青色。

⑤弱柳：嫩柳。青琐：古代宫门上雕刻的连环花纹，常涂以青色，故称青琐，后用以借指宫门。

⑥百啭（zhuàn）：百般鸣叫。流莺：飞动的黄莺。建章：汉代宫殿名，这里指大明宫。

⑦剑佩声：大臣佩戴的宝剑和玉佩在行走时的撞击声。玉墀（chí）：宫中玉砌的台阶。

⑧惹：粘带。御炉：宫中的香炉。

⑨沐：沐浴，身受。凤池：凤凰池，指中书省。凤凰池是禁苑中池沼，借指中书省或宰相。

⑩染翰：点染笔墨，指为国家起草诏令。侍：侍奉。唐白居易《秋登张明府海亭》："染翰聊题壁，倾壶一解颜。"

和贾舍人早朝①
hè jiǎ shě rén zǎo cháo

杜 甫
dù fǔ

五夜漏声催晓箭②，
wǔ yè lòu shēng cuī xiǎo jiàn

九重春色醉仙桃③。
jiǔ chóng chūn sè zuì xiān táo

旌旗日暖龙蛇动④，
jīng qí rì nuǎn lóng shé dòng

宫殿风微燕雀高⑤。
gōng diàn fēng wēi yàn què gāo

朝罢香烟携满袖，
cháo bà xiāng yān xié mǎn xiù

诗成珠玉在挥毫⑥。
shī chéng zhū yù zài huī háo

欲知世掌丝纶美⑦，
yù zhī shì zhǎng sī lún měi

池上于今有凤毛⑧。
chí shàng yú jīn yǒu fèng máo

【注释】

①本诗是贾至《早朝大明宫呈两省僚友》的和诗，作于唐肃宗乾元元年（758）春，诗描绘了杜甫早朝时见到的情形，写出了群臣沐浴圣恩的喜悦，运用典故盛赞贾至世家风范、人才难得。和：唱和，以诗词酬答。贾舍人：指贾至。舍人，官名，即中书舍人。

②五夜：五更。漏声：漏壶滴水的声音。箭：漏箭，指装在漏壶中标示时间的箭杆状工具。

③九重：皇帝居住之地。《楚辞》："望君门之九重。"醉仙桃：使仙桃像喝醉酒一样变成红色，指桃花盛开。

④龙蛇：旌旗上的图像。

⑤高：高飞。

⑥珠玉：珠圆玉润，形容语言婉转流畅。挥毫：挥笔，写作。

⑦世掌：世代掌管，贾至及其父贾曾都担任过中书舍人，掌管拟诏敕，故称"世掌"。丝纶：皇帝的诏书。

⑧池：凤凰池，即中书省。凤毛：指凤毛麟角。凤凰的羽毛、麒麟的角都是罕见珍贵的东西，比喻稀少而珍贵的人或物。后人常用来比喻人才不可多得。此处比喻贾至有文采，不亚其父。

hè jiǎ shě rén zǎo cháo
和贾舍人早朝①

wáng wéi
王 维

jiàng zé jī rén bào xiǎo chóu
绛 帻 鸡 人 报 晓 筹②，

shàng yī fāng jìn cuì yún qiú
尚 衣 方 进 翠 云 裘③。

jiǔ tiān chāng hé kāi gōng diàn
九 天 阊 阖 开 宫 殿④，

wàn guó yī guān bài miǎn liú
万 国 衣 冠 拜 冕 旒⑤。

rì sè cái lín xiān zhǎng dòng
日 色 才 临 仙 掌 动⑥，

xiāng yān yù bàng gǔn lóng fú
香 烟 欲 傍 衮 龙 浮⑦。

cháo bà xū cái wǔ sè zhào
朝 罢 须 裁 五 色 诏⑧，

pèi shēng guī dào fèng chí tóu
珮 声 归 到 凤 池 头⑨。

【注释】

①本诗也是《早朝大明宫呈两省僚友》的和诗,作于唐肃宗乾元元年(758)春。诗运用细节描写和场面烘托,从早朝前、早朝、早朝后三个方面写出大明宫早朝时的气氛与帝王的威仪,极力称赞贾至得到朝廷的器重。

②绛帻(jiàng zé):红色头巾。鸡人:周朝官名,后指宫中报更人,戴红色头巾。宋宋祁《长兄冬夕递宿偶成长句上寄》:"绛帻鸡人唱夜筹,宿庐遥忖道山头。"晓筹:早更。筹,计时器。

③尚衣:尚衣局,属殿内省,掌管帝王衣服。翠云裘:绿色皮衣。

④九天:天的最高处,此指帝王住所,宫禁。阊阖(chāng hé):传说中的天门,这里指宫门。宋晁说之《打球图》:"阊阖千门万户开,三郎沉醉打球回。"

⑤万国衣冠:指各国使臣。衣冠,官员的穿戴,这里指官员,是借代的用法。冕旒(miǎn liú):皇帝所戴的礼冠。冕,帝王的礼帽,旒是冕前后所挂的串珠,共十二串。冕旒在这里借指皇帝。

⑥日色:借喻,指皇帝。仙掌:皇帝专用的掌扇,又叫障扇,多以野鸡尾为饰。唐杜牧《早雁》:"仙掌月明孤影过,长门灯暗数声来。"岑文本《奉和正日临朝》:"仙气浮仙掌,熏风绕帝梧。"

⑦傍:依,靠近。衮(gǔn)龙:龙袍上的龙形图案。浮:浮动。

⑧五色诏:用五色纸书写的诏书。宋梅尧臣《闻王景彝雪中煤祁还》:"还批五色沼,池上踏琼瑶。"

⑨珮(pèi)声:走动时,身上珮玉发出的声音。

hè jiǎ shě rén zǎo cháo
和贾舍人早朝①

cén shēn
岑 参 ②

jī míng zǐ mò shǔ guāng hán
鸡 鸣 紫 陌 曙 光 寒③，

yīng zhuàn huáng zhōu chūn sè lán
莺 啭 皇 州 春 色 阑④。

jīn què xiǎo zhōng kāi wàn hù
金 阙 晓 钟 开 万 户⑤，

yù jiē xiān zhàng yōng qiān guān
玉 阶 仙 仗 拥 千 官⑥。

huā yíng jiàn pèi xīng chū luò
花 迎 剑 佩 星 初 落⑦，

liǔ fú jīng qí lù wèi gān
柳 拂 旌 旗 露 未 干。

dú yǒu fèng huáng chí shàng kè
独 有 凤 凰 池 上 客⑧，

yáng chūn yī qǔ hè jiē nán
阳 春 一 曲 和 皆 难⑨。

【注释】

①本诗也是《早朝大明宫呈两省僚友》的和诗，作于唐肃宗乾元元年（758）春。全诗围绕"早朝"两字作文章；"曙光"、"晓钟"、"星初落"、"露未干"都切"早"字；而"金阙"、"玉阶"、"仙仗"、"千官"、"旌旗"皆切"朝"字，写出皇宫建筑的富丽堂皇和宏伟气势。末联点出酬和之意，推崇对方诗艺高超。

②岑参（715？—770）：唐代边塞诗人。原籍南阳（今属河南南阳），迁居江陵（今属湖北）。

③紫陌：指京师郊野的道路。

④皇州：帝都，指长安。阑（lán）：尽。

⑤金阙（què）：官殿，这里指大明宫。

⑥仙仗：仙人的仪仗队，此处指皇帝的仪仗。

⑦剑佩：佩剑及玉石等饰物。星初落：繁星刚逝，天刚亮。

⑧凤凰池：也称凤池，指中书省。

⑨阳春：古代楚国歌曲名，是一种高雅的乐曲。《阳春》、《白雪》是高雅音乐的代名词。这里"阳春"指贾至的诗。

shàng yuán yìng zhì
上　元　应　制 ①

cài xiāng
蔡　襄 ②

gāo liè qiān fēng bǎo jù sēn
高 列 千 峰 宝 炬 森 ③，

duān mén fāng xǐ cuì huá lín
端 门 方 喜 翠 华 临 ④。

chén yóu bù wèi sān yuán yè
宸 游 不 为 三 元 夜 ⑤，

lè shì hái tóng wàn zhòng xīn
乐 事 还 同 万 众 心 ⑥。

tiān shàng qīng guāng liú cǐ xī
天 上 清 光 留 此 夕 ⑦，

rén jiān hé qì gé chūn yīn
人 间 和 气 阁 春 阴 ⑧。

yào zhī jìn qìng huá fēng zhù
要 知 尽 庆 华 封 祝 ⑨，

sì shí yú nián huì ài shēn
四 十 余 年 惠 爱 深 ⑩。

上元应制（蔡襄）

【注释】

①宋仁宗嘉祐八年（1063）正月十五上元之夜，蔡襄随御驾观灯，奉命作此诗。诗描绘了盛世上元节灯会的宏大场面与热闹非凡，盛赞皇帝与民同乐，表达了对帝王的感恩和祝福。上元：农历正月十五为上元节，又称元宵节。应制：奉帝王之命作诗。

②蔡襄（1012—1067）：字君谟，兴化仙游（今属福建）人，北宋诗人，书法家，工正、行、草书，也善章草。与苏轼、黄庭坚、米芾并称"宋四家"。

③高：一作"叠"。千峰：灯山峰峦多。古代元宵节，将彩灯堆叠成山，取名鳌山。宝炬：宝灯。森：林立。

④端门：官殿的正门，即午门。喜：一作"仵"。翠华：皇帝后面的障扇，借指皇帝的仪仗。

⑤宸（chén）游：帝王巡游。三元：指农历正月十五（上元）、七月十五（中元）、十月十五（下元），这里指上元夜。

⑥同万众心：帝王与民众同心。

⑦天上清光：夜空清澄明朗。

⑧和气：祥气，瑞气。阁：同"搁"，留。春阴：春夜。

⑨华封祝：即华封三祝，尧到华州，华州封人（守边疆的人）祝

他长寿、富有、多子。

⑩四十余年：嘉祐八年，宋仁宗赵祯已在位四十年。爱：一作"化"。

shàng yuán yìng zhì

上 元 应 制 ①

wáng guī
王 珪 ②

xuě xiāo huá yuè mǎn xiān tái
雪 消 华 月 满 仙 台 ③，

wàn zhú dāng lóu bǎo shàn kāi
万 烛 当 楼 宝 扇 开 ④。

shuāng fèng yún zhōng fú niǎn xià
双 凤 云 中 扶 辇 下 ⑤，

liù áo hǎi shàng jià shān lái
六 鳌 海 上 驾 山 来 ⑥。

hào jīng chūn jiǔ zhān zhōu yàn
镐 京 春 酒 沾 周 宴 ⑦，

fén shuǐ qiū fēng lòu hàn cái
汾 水 秋 风 陋 汉 才 ⑧。

yī qǔ shēng píng rén gòng lè
一 曲 升 平 人 共 乐 ⑨，

jūn wáng yòu jìn zǐ xiá bēi
君 王 又 尽 紫 霞 杯 ⑩。

【注释】

①此诗原题《依韵恭和御制上元观灯》，是皇帝《上元观灯》的
和诗。据《侯鲭录》载，此诗作于元祐中。又据《宋诗别裁集》卷五，
诗歌极力描绘上元夜皇帝观灯时的情景和观灯归来赐宴群臣以及群
臣向皇帝祝寿的场面，表达了诗人祝福宋朝也要像周一样国祚昌久。

雪消华月满仙台，
万烛当楼宝扇开

②王珪（1019—1085）：北宋诗人，字禹玉，华阳（今四川成都）人。仁宗庆历二年（1024）进士。通判扬州，召直集贤院。累官知制诰、翰林学士、知开封府、侍读学士。哲宗即位，封岐国公，卒于位，谥文恭。仕英宗、神宗、哲宗三朝，以文章致位通显。有集一百卷，已佚。清四库馆臣从《永乐大典》辑成《华阳集》六十卷，附录十卷。

③华月：明亮的月光。仙台：宫中的楼台。

④当楼：对着楼台。宝扇：障扇，皇帝的仪仗。

⑤双凤：服侍皇帝的两个宫女。辇（niǎn）：帝王乘坐的车子。

⑥六鳌（áo）：据《庄子》载，海上有三座仙山，下面有六只鳌鱼驮着，这里是说灯景鳌山是仙山。

⑦镐京：镐（今西安）为西周国都，这里指北宋都城。同样，说宴赏是周宴也是将宋比作周。

⑧汾水秋风：汉武帝巡游汾水，赐宴群臣，并赋《秋风辞》。陋汉才：汉武帝君臣才能浅陋，比不上今日盛会。

⑨升平：太平，或可解作《万岁升平》曲，宋代教坊歌曲之一，教

坊都知李德昇作，是歌颂天下太平的曲子。共：一作"尽"。

⑩尽：饮尽。尽，一作"进"。紫霞杯：酒杯名，这里借代酒。

侍 宴 ①
shì yàn

沈 佺 期 ②
shěn quán qī

皇 家 贵 主 好 神 仙 ③，
huáng jiā guì zhǔ hào shén xiān

别 业 初 开 云 汉 边 ④。
bié yè chū kāi yún hàn biān

山 出 尽 如 鸣 凤 岭 ⑤，
shān chū jìn rú míng fèng lǐng

池 成 不 让 饮 龙 川 ⑥。
chí chéng bù ràng yǐn lóng chuān

妆 楼 翠 幌 教 春 住 ⑦，
zhuāng lóu cuì huǎng jiào chūn zhù

舞 阁 金 铺 借 日 悬 ⑧。
wǔ gé jīn pū jiè rì xuán

敬 从 乘 舆 来 此 地 ⑨，
jìng cóng chéng yú lái cǐ dì

称 觞 献 寿 乐 钧 天 ⑩。
chēng shāng xiàn shòu lè jūn tiān

【注释】

①诗题一作《侍宴安乐公主新宅应制》，作于唐中宗景龙三年 (709) 十一月一日。中宗景龙二年 (708) 于修文馆置太学士四员，学士八员，直学士十二员，象四时、八节、十二月，李峤等为太学士，李适等为学士，杜审言、沈佺期等为直学士，均为御用文臣。景龙三年

十一月一日，安乐公主入新宅，沈佺期奉命作此诗。这首诗运用了夸张的手法，写楼台高入云霄，山水之佳胜过凤岭、饮龙川，陈设华丽、音乐美妙，突出了安乐公主的奢华富贵，皇恩浩荡。

②沈佺期（656？—714）：唐代诗人，字云卿，相州内黄（今属河南内黄）人。他还创制七律，被胡应麟誉为初唐七律之冠。与宋之问齐名，并称"沈宋"。他们的近体诗格律谨严精密，史论以为是律诗体制定型的代表诗人。

③贵主：安乐公主，唐中宗女，韦后所生，卖官鬻爵，干预朝政，后为玄宗所杀。好神仙：爱好神仙。

④别业：别墅。唐白居易《甬桥旧业》："别业甬城北，抛来二十春。"初开：刚建成。云汉边：云霄中，形容楼阁高大雄伟，上连云天。

⑤鸣凤岭：岐山，今陕西岐山东北，相传周朝兴起时，有凤凰鸣于岐山，所以得名。

⑥不让：不弱于，不差于。饮龙川：沂水，源出今山东沂水，经江苏邳县流入泗水。

⑦妆楼：梳妆楼。翠幌：绿色的帘幕。

⑧舞阁：专供舞蹈用的台阁。唐孟浩然《奉先张明府休沐还乡海亭宴集探得阶字》："树低新舞阁，山对旧书斋。"金铺：门环上的黄金装饰。

⑨乘舆：天子车驾。

⑩称觞（shāng）：举起酒杯。献寿：敬酒祝寿。钧天：古代传说中的天中央。也指神话中天上的音乐。宋文天祥《上元怀旧》："梦到钧天灯火阑，依然彩笔照宫袍。"

dá dīng yuán zhēn
答 丁 元 珍 ①

ōu yáng xiū
欧 阳 修 ②

chūn fēng yí bù dào tiān yá
春 风 疑 不 到 天 涯 ③，

èr yuè shān chéng wèi jiàn huā
二 月 山 城 未 见 花 。

cán xuě yā zhī yóu yǒu jú
残 雪 压 枝 犹 有 橘 ④，

dòng léi jīng sǔn yù chōu yá
冻 雷 惊 笋 欲 抽 芽 ⑤。

yè wén tí yàn shēng xiāng sī
夜 闻 啼 雁 生 乡 思 ，

bìng rù xīn nián gǎn wù huá
病 入 新 年 感 物 华 ⑥。

céng shì luò yáng huā xià kè
曾 是 洛 阳 花 下 客 ⑦，

yě fāng suī wǎn bù xū jiē
野 芳 虽 晚 不 须 嗟 ⑧。

【注释】

①诗题一作《戏答元珍》。这首诗写于宋仁宗景祐四年（1037），欧阳修于上年作《朋党论》为范仲淹辩护，结果被贬为峡州夷陵（今湖北宜昌）县令，丁元珍作《花时久雨》诗赠他，欧阳修遂以此诗赠答。诗歌借山城春迟迟不归寄予了被贬后的苦闷、失意和对故乡的思念，次联富于生机的景象暗含诗人对未来的信心，同时表达了自我宽慰之情。丁元珍：丁宝臣，字元珍，时为陕州军事判官。

②欧阳修（1007—1072）：字永叔，号醉翁、六一居士，谥文忠。吉

残雪压枝犹有橘

州吉水（今属江西）人，吉州原属庐陵郡，故自称庐陵人，北宋著名政治家、文学家、史学家，唐宋古文八大家之一。诗语言流畅自然。

⑥春风疑不到天涯：即"疑春风不到天涯"，怀疑春风的来临。天涯，天边，这里指地处边远的峡州。

④残雪：尚未融化的雪。

⑤冻雷：早春的雷。

⑥病入新年：拖着病体进入新年。物华：美好的景物。

⑦洛阳花下客：作者自称，宋仁宗天圣八年（1030）至景祐元年（1034）欧阳修曾任西京（今河南省洛阳市）留守推官，洛阳盛产牡丹，北宋时花园最盛，有"天下名园重洛阳"的说法，所以称"洛阳花下客"。

⑧野芳：野花。嗟（jiē）：叹息。

chā huā yín
插花吟①

shào yōng
邵 雍②

tóu shàng huā zhī zhào jiǔ zhī
头 上 花 枝 照 酒 卮③，

jiǔ zhī zhōng yǒu hǎo huā zhī
酒 卮 中 有 好 花 枝。

shēn jīng liǎng shì tài píng rì
身 经 两 世 太 平 日 ④,

yǎn jiàn sì cháo quán shèng shí
眼 见 四 朝 全 盛 时 ⑤。

kuàng fù jīn hái cū kāng jiàn
况 复 筋 骸 粗 康 健 ⑥,

nǎ kān shí jié zhèng fāng fēi
那 堪 时 节 正 芳 菲 ⑦。

jiǔ hán huā yǐng hóng guāng liū
酒 涵 花 影 红 光 溜 ⑧,

zhēng rěn huā qián bù zuì guī
争 忍 花 前 不 醉 归 ⑨。

【注释】

①由诗中提到"身经两世太平日"可知此诗作于宋神宗熙宁三年
(1071)左右,诗人六十岁上下。这首诗通过写诗人头戴花枝、赏春畅
饮,生动地刻画了一位长者万事顺心、身体康泰的形象。插花:古时

头上花枝照酒卮,
酒卮中有好花枝

男子有发髻，鬓边也插花。吟：歌。

②邵雍（1011—1077）：字尧夫，北宋文人，著名道学家。喜饮酒，命之曰太和汤，饮不过多，不喜太醉。曾作诗曰："酒未微酡，自先吟哦，吟哦不足，遂及浩歌。"邵雍的甘于淡泊，乐于饮酒著述，代表了古代许多正直的知识分子形象。

③卮（zhī）：古代的一种酒器。

④两世：古时称三十年为一世，作者已经年过六十，故称两世。

⑤四朝：作者经历真宗、仁宗、英宗、神宗四朝。

⑥况复：何况又。筋骸（hái）：筋骨，身体。粗：大致。

⑦芳菲：本指花草的美好，这里指一切事物的美好。

⑧涵：浸。溜：浮动。

⑨争忍：怎忍。

寓　意①

晏　殊②

油壁香车不再逢③，
峡云无迹任西东④。
梨花院落溶溶月⑤，
柳絮池塘淡淡风⑥。
几日寂寥伤酒后⑦，

yī fān xiāo sè jìn yān zhōng
一 番 萧 瑟 禁 烟 中 ⑧。
yú shū yù jì hé yóu dá
鱼 书 欲 寄 何 由 达 ⑨,
shuǐ yuǎn shān cháng chù chù tóng
水 远 山 长 处 处 同 。

【注释】

①诗题一作《无题》。诗以凄冷的景象作渲染,写出对一位女子的苦苦思念以及无由相通的怅然。一说是诗人借情事抒发求贤若渴的情愫。寓意:借其他事物寄托本意。

②晏殊 (991—1055):字同叔,抚州临川 (今江西) 人。北宋景德中以神童召试,赐同进士出身。复试,擢秘书省正字,得尽读秘阁藏书,学问益博。继迁翰林学士,深为真宗所倚重,事无巨细,皆咨访之。晏殊能诗,善词,文章赡丽,骈文、书法无不工。尤擅长小令,语言婉丽,颇受南唐冯延巳的影响。

梨花院落溶溶月,
柳絮池塘淡淡风

③油壁：即油壁车，或谓油轿，一种车壁、车帷用油涂饰的华贵车子，有时驾以二马、三马。《南齐书·鄱阳王锵传》："制局监谢粲说锵及随王子隆曰：'殿下但乘油壁车入宫，出天子置朝堂。'"这里指美人乘坐的华贵车子。香车：用香木做的车。泛指华美的车或轿。

④峡云：巫峡上空的云，这里暗用楚襄王梦中与巫山神女相会的典故，指所思念的女子。典出宋玉《高唐赋》。

⑤梨花院落：开满梨花的院子。溶溶月：月光如水一样明净、皎洁、柔和。

⑥柳絮池塘：飘着柳絮的池塘。淡淡风：风轻轻地吹着。

⑦寂寥：寂寞。伤酒：中酒。

⑧萧瑟：萧条，冷落。禁烟：即禁火，寒食禁火。

⑨鱼书：旧时称书信为鱼书，典出汉乐府《饮马长城窟行》："客从远方来，赠我双鲤鱼。呼儿烹鲤鱼，中有尺素书。"何由达：怎么能够寄到。

hán shí shū shì
寒食书事①

zhào dǐng
赵 鼎②

jì jì chái mén cūn luò lǐ
寂寂柴门村落里③，

yě jiào chā liǔ jì nián huá
也教插柳纪年华④。

jìn yān bù dào yuè rén guó
禁烟不到粤人国⑤，

shàng zhǒng yì xié páng lǎo jiā
上冢亦携庞老家⑥。

hàn qǐn táng líng wú mài fàn
汉寝唐陵无麦饭⑦，
shān xī yě jìng yǒu lí huā
山溪野径有梨花。
yī zūn jìng jí qīng tái wò
一樽竟藉青苔卧⑧，
mò guǎn chéng tóu zòu mù jiā
莫管城头奏暮笳。

【注释】

①赵鼎绍兴八年 (1138)，绍兴十四年 (1144) 贬官潮州，诗作于被贬潮州期间。诗描绘出岭南民间和平宁静充满温馨的生活，衬托出汉唐皇室陵寝的荒凉，寄寓了对南宋朝廷内部投降派的不满和对北方大好河山沦落的感慨，抒发了世事无常的慨叹。书事：记事。

②赵鼎 (1085—1147)：字元镇，解州闻喜 (在今山西) 人，自号得全居士。崇宁五年 (1106) 进士。绍兴初年两度为相，有"南宋贤相，首推赵鼎"之誉。支持岳飞抗金，并荐其为统帅，传为千古佳话。

寂寂柴门村落里，
也教插柳纪年华

③寂寂：清静冷落的样子。柴门：农家的篱笆门。

④也教：也懂得。插柳：古代寒食节有门上插柳的习俗。纪年华：门上插柳，表明又一个寒食节来到了。纪，记，标记。

⑤粤人国：今广东、广西一带。

⑥上冢：上坟祭扫。冢，坟。庞老：指东汉末的庞德公，刘表几次邀请他出山都不肯，后来清明节携全家上坟祭扫，然后到龙门山采药不返。这里是说，这儿的清明节，人们也像庞德公一样携全家祭扫坟墓。

⑦汉寝唐陵：即汉唐寝陵，汉朝和唐朝帝王的陵墓。寝，古代帝王陵墓上的正殿，是祭祀的处所。麦饭：磨碎的麦煮成的饭，这里指粗糙的祭品。西汉史游编撰的《急就篇》卷二："饼饵麦饭甘豆羹。"颜师古注："麦饭，磨麦合皮而炊之也；甘豆羹，以洮米泔和小豆而煮之也；一曰以小豆为羹，不以酰酢，其味纯甘，故曰甘豆羹也。麦饭豆羹皆野人农夫之食耳。"

⑧一樽：一杯酒。竟：竟然。藉：凭借，靠着。

⑨莫：不要。暮笳：傍晚的笳声。笳，我国古代的一种管乐器。

清　明①

黄庭坚

佳节清明桃李笑②，
野田荒冢只生愁③。
雷惊天地龙蛇蛰④，

yǔ zú jiāo yuán cǎo mù róu
雨 足 郊 原 草 木 柔⑤。
rén qǐ jì yú jiāo qiè fù
人 乞 祭 余 骄 妾 妇⑥，
shì gān fén sǐ bù gōng hóu
士 甘 焚 死 不 公 侯⑦。
xián yú qiān zǎi zhī shuí shì
贤 愚 千 载 知 谁 是⑧，
mǎn yǎn péng hāo gòng yī qiū
满 眼 蓬 蒿 共 一 丘⑨。

【注释】

①宋徽宗崇宁二年 (1103) 四月，宋以蔡京为左相，重审"元祐学术"，令销毁三苏、黄庭坚、秦观等人文集，在各地设立"元祐奸党碑"，妄图将旧党铲尽。黄庭坚以《承天院塔记》被贬官宜州 (治所在今广西宜山)，十个月后，诗人谢世。诗作于崇宁二年 (1103) 清明节。诗运用对比手法，描绘了寒食景色，并借典故抒发了郁勃不平之情，表现了对人生丑恶的鞭挞，对社会不平的愤激。

②桃李笑：桃李开放，拟人的手法。

佳节清明桃李笑，野田荒冢只生愁

③荒冢：荒凉的坟墓。

④龙蛇蛰：龙蛇起动。蛰，本指动物冬眠不食不动，这里用作发蛰、起蛰讲。

⑤郊原：郊外，野外。柔：嫩。

⑥人乞祭余：形容困窘或者为牟利不择手段。典出《孟子·离娄下》："齐人有一妻一妾而处室者。其良人出，则必餍酒肉而后反。其妻问所与饮食者，则尽富贵也。其妻告其妾曰：'良人出，则必餍酒肉而后反，问其与饮食者，尽富贵也，而未尝有显者来，吾将瞷良人之所之也。'蚤起，施从良人之所之，遍国中无与立谈者。卒之东郭墦间，之祭者乞其余，不足，又顾而之他，此其为餍足之道也。其妻归，告其妾，曰：'良人者，所仰望而终身也，今若此。'与其妾讪其良人，而相泣于中庭，而良人未之知也，施施从外来，骄其妻妾。"

⑦士甘焚死：用介之推的典故。春秋时，介之推随重耳出亡，归国后不受封赏，母子隐居，晋文公下令烧山逼他出山，结果介之推焚死山中。不公侯：不做官。

⑧是：对、正确。

⑨蓬蒿：野草。共一丘：同是一块土丘。

清　明^①
qīng　míng

高　翥^②
gāo zhù

南 北 山 头 多 墓 田^③，
nán běi shān tóu duō mù tián

清 明 祭 扫 各 纷 然^④。
qīng míng jì sǎo gè fēn rán

zhǐ huī fēi zuò bái hú dié
纸 灰 飞 作 白 蝴 蝶⑤，

lèi xuè rǎn chéng hóng dù juān
泪 血 染 成 红 杜 鹃⑥。

rì luò hú lí mián zhǒng shàng
日 落 狐 狸 眠 冢 上，

yè guī ér nǚ xiào dēng qián
夜 归 儿 女 笑 灯 前。

rén shēng yǒu jiǔ xū dāng zuì
人 生 有 酒 须 当 醉，

yī dī hé céng dào jiǔ quán
一 滴 何 曾 到 九 泉⑦。

【注释】

①诗人用对比手法，展现出清明节扫墓前后迥然不同的景象，抒发了世事皆空、及时行乐的思想，表现了诗人极为消沉的情绪。据传，明代有人因争坟地大打出手，致死人命，有位秀才将高翥的《清明》诗改换数字，便成一首绝妙的劝谏诗："南北山头争墓田，清明殴斗各纷然。衣衫撕作白蝴蝶，脑袋打成红杜鹃。日落死尸眠冢上，

纸灰飞作白蝴蝶，
泪血染成红杜鹃

夜归儿女哭灯前。人生有事须当让，寸土何曾到九泉。"

②高翥（zhù，1170—1241）：原名公弼，字九万，号菊涧，余姚（今属浙江）人。高翥诗有民歌风，擅长以平易自然之句写出寻常不经意之景色，平易雅淡，脍炙人口。

③墓田：坟地。

④祭扫：祭祖扫墓。纷然：纷纷，一群群，众多的样子。

⑤纸灰：古人用纸做成钱状，扫墓时烧化作死人的资财，纸灰为风所吹，像蝴蝶一样。

⑥泪血：用杜鹃啼血的典故。

⑦九泉：古人相信人死了魂归地下，其地为九泉，又称黄泉。

jiāo xíng jí shì
郊 行 即 事 ①

chéng hào
程　颢

fāng yuán lù yě zì xíng shí
芳 原 绿 野 恣 行 时 ②，

chūn rù yáo shān bì sì wéi
春 入 遥 山 碧 四 围 ③。

xìng zhú luàn hóng chuān liǔ xiàng
兴 逐 乱 红 穿 柳 巷 ④，

kùn lín liú shuǐ zuò tái jī
困 临 流 水 坐 苔 矶 ⑤。

mò cí zhǎn jiǔ shí fēn quàn
莫 辞 盏 酒 十 分 劝 ⑥，

zhǐ kǒng fēng huā yī piàn fēi
只 恐 风 花 一 片 飞 。

kuàng shì qīng míng hǎo tiān qì
况 是 清 明 好 天 气,

bù fáng yóu yǎn mò wàng guī
不 妨 游 衍 莫 忘 归⑦。

【注释】

①诗描绘了花红柳绿的郊野景色,写出诗人郊游时的畅快惬意,表现了诗人对大自然的流连忘返和惜春之情。

②恣(zì)行:尽情行走。

③遥山:远山。碧四围:绿满四野。

④兴:高兴时,游兴浓时。逐:追逐。乱红:杂乱的花,这里可理解为繁多的花,古人常用乱表示多的意思,如"群莺乱飞"。

⑤困:与"兴"对举,困乏时。苔矶:长有青苔的石头。矶,水边突出的石头。

⑥莫辞:不要推辞。

⑦游衍:恣意游逛。莫:同"暮"。

qiū qiān
秋 千①

shì huì hóng
释 惠 洪②

huà jià shuāng cái cuì luò piān
画 架 双 裁 翠 络 偏③,

jiā rén chūn xì xiǎo lóu qián
佳 人 春 戏 小 楼 前④。

piāo yáng xuè sè qún tuō dì
飘 扬 血 色 裙 拖 地,

127

duàn sòng yù róng rén shàng tiān
断 送 玉 容 人 上 天 ⑤。

huā bǎn rùn zhān hóng xìng yǔ
花 板 润 沾 红 杏 雨 ⑥，

cǎi shéng xié guà lǜ yáng yān
彩 绳 斜 挂 绿 杨 烟 ⑦。

xià lái xián chù cóng róng lì
下 来 闲 处 从 容 立 ⑧，

yí shì chán gōng zhé jiàng xiān
疑 是 蟾 宫 谪 降 仙 ⑨。

【注释】

①诗歌用绮丽的语言描绘了佳人的衣着饰物、华美的秋千、优美的环境，盛赞女子美貌，写出了荡秋千的乐趣。

②惠洪（1071—1128）：字觉范，俗姓喻，筠州新昌（今江西宜丰）人，北宋诗僧。或谓其为"德洪"，俗姓彭。长于七古。又善作小词，时作绮语，有"浪子和尚"之称。与苏轼等为方外交。

③画架：装饰精美刻有花纹的秋千架。翠络：秋千上翠绿色的绳子。

画架双裁翠络偏，
佳人春戏小楼前

④佳人：美女。戏：游戏，玩耍，即荡秋千。

⑤断送：打发。玉容：似玉面容，借代用法，指荡秋千的美女。

⑥花板：秋千上雕花的脚踏板。红杏雨：红杏枝头的露水。

⑦绿杨烟：碧绿的杨柳树上笼罩的烟雾。

⑧闲处：秋千边，也可解释为幽静的地方，或闲时。

⑨蟾（chán）宫：月宫，传说月中有蟾蜍。谪降仙：贬谪下凡的仙子。

曲 江 其一①

杜 甫

yī piàn huā fēi jiǎn què chūn
一 片 花 飞 减 却 春②，

fēng piāo wàn diǎn zhèng chóu rén
风 飘 万 点 正 愁 人③。

qiě kàn yù jìn huā jīng yǎn
且 看 欲 尽 花 经 眼④，

mò yàn shāng duō jiǔ rù chún
莫 厌 伤 多 酒 入 唇⑤。

jiāng shàng xiǎo táng cháo fěi cuì
江 上 小 堂 巢 翡 翠⑥，

yuàn biān gāo zhǒng wò qí lín
苑 边 高 冢 卧 麒 麟⑦。

xì tuī wù lǐ xū xíng lè
细 推 物 理 须 行 乐⑧，

hé yòng fú míng bàn cǐ shēn
何 用 浮 名 绊 此 身⑨。

【注释】

①诗题一作《曲江对酒》。作于唐肃宗乾元元年(758)暮春,杜甫时任左拾遗。此时"安史之乱"还没有结束,长安依然是一派凋敝景象,诗人游赏了曲江。诗以凄苦之语描绘了曲江暮春景象以及诗人强作旷达之状,抒发了惜春、伤春之情和无尽的愁绪。曲江:曲江池,在长安东南,为唐时长安旅游胜地,今已干涸,故址在今西安市南。

②减却:减少。却,语气助词,无义。

③愁人:使人发愁。

④欲尽:花将开完。花经眼:花在眼前出现,又解作曾经欣赏过。

⑤莫厌:不要厌烦。

⑥巢翡翠:翡翠筑巢。翡翠,一种水鸟,又名翠雀。

⑦麒麟:我国古代的一种瑞兽,这里指麒麟石像。

⑧推:推寻,推究。物理:万物兴衰变化的道理。行乐:作乐。

⑨浮名:一作"浮荣",指虚幻的功名利禄。绊此身:束缚自己。

qǔ　　jiāng　qí èr
曲　江　其二①

dù fǔ
杜 甫

cháo huí rì rì diǎn chūn yī
朝 回 日 日 典 春 衣②,

měi rì jiāng tóu jìn zuì guī
每 日 江 头 尽 醉 归③。

jiǔ zhài xún cháng xíng chù yǒu
酒 债 寻 常 行 处 有④,

rén shēng qī shí gǔ lái xī
人 生 七 十 古 来 稀⑤。

chuān huā jiá dié shēn shēn xiàn
穿 花 蛱 蝶 深 深 见 ⑥，

diǎn shuǐ qīng tíng kuǎn kuǎn fēi
点 水 蜻 蜓 款 款 飞 ⑦。

chuán yǔ fēng guāng gòng liú zhuǎn
传 语 风 光 共 流 转 ⑧，

zàn shí xiāng shǎng mò xiāng wéi
暂 时 相 赏 莫 相 违 ⑨。

【注释】

①诗描写了诗人强作解愁，抒发了惜春、伤春之情，表现了诗人对世事无可奈何之后的及时行乐思想。

②朝（cháo）回：上朝回来。典：典当。

③江头：曲江头。尽：尽是，都是。

④酒债：赊欠的酒钱。寻常：平常。行处：到处。

⑤古来稀：又称古希、古稀之年，古代为七十岁的代称。

⑥蛱蝶：蝴蝶。深深见（xiàn）：时隐时现。见，现。

⑦款款：缓慢。

⑧传语：寄语，传话。风光：春光。

每日江头尽醉归

⑨相违：互相分开。

huáng hè lóu
黄 鹤 楼 ①

cuī hào
崔 颢 ②

xī rén yǐ chéng huáng hè qù
昔 人 已 乘 黄 鹤 去 ③，

cǐ dì kōng yú huáng hè lóu
此 地 空 余 黄 鹤 楼 ④。

huáng hè yī qù bù fù fǎn
黄 鹤 一 去 不 复 返 ⑤，

bái yún qiān zǎi kōng yōu yōu
白 云 千 载 空 悠 悠 ⑥。

qíng chuān lì lì hàn yáng shù
晴 川 历 历 汉 阳 树 ⑦，

fāng cǎo qī qī yīng wǔ zhōu
芳 草 萋 萋 鹦 鹉 洲 ⑧。

rì mù xiāng guān hé chù shì
日 暮 乡 关 何 处 是 ⑨，

yān bō jiāng shàng shǐ rén chóu
烟 波 江 上 使 人 愁 ⑩。

【注释】

①诗前半部分用散文句法后半部分用整饬的句法，描绘出黄鹤楼的凄清景色，抒发了思古之幽情和客子思乡的愁绪。黄鹤楼：故址在武昌黄鹤矶，背靠蛇山，相传始建于三国东吴黄武年间，传说仙人子安曾乘鹤过此，费祎在此乘黄鹤登仙而去。

②崔颢（704？—754）：汴州（今河南开封）人。唐玄宗开元

十一年（722）进士。李白对他的《黄鹤楼》十分佩服。相传李白登黄鹤楼时想题诗，当他看到崔颢这首诗后不由地赞叹道："眼前有景道不得，崔颢题诗在上头。"因而弃笔不做。

③昔人：乘鹤仙人。

④空余：只剩下。

⑤不复返：不再回来。

⑥悠悠：形容年代久远。

⑦晴川：晴朗的江面，此指汉江。历历：清晰可数。汉阳：在今武昌西北。

⑧芳草萋萋：用语源自《楚辞·招隐士》："王孙游兮不归，春草生兮萋萋。"萋萋，草木茂盛的样子。鹦鹉洲：长江中的小洲，在黄鹤楼东北，传说《鹦鹉赋》的作者祢衡葬于此。

⑨乡关：家乡。

⑩烟波：气霭笼罩的江面。

旅　怀①
lǚ　huái

崔　涂②
cuī　tú

shuǐ liú huā xiè liǎng wú qíng
水流花谢两无情，

sòng jìn dōng fēng guò chǔ chéng
送尽东风过楚城③。

hú dié mèng zhōng jiā wàn lǐ
蝴蝶梦中家万里④，

dù juān zhī shàng yuè sān gèng
杜鹃枝上月三更⑤。

gù yuán shū dòng jīng nián jué
故 园 书 动 经 年 绝 ⑥，

huá fà chūn cuī liǎng bìn shēng
华 发 春 催 两 鬓 生 ⑦。

zì shì bù guī guī biàn dé
自 是 不 归 归 便 得 ⑧，

wǔ hú yān jǐng yǒu shuí zhēng
五 湖 烟 景 有 谁 争 ⑨。

【注释】

①诗题一作《春夕旅梦》，又作《春夕旅游》、《春夕旅怀》。诗以残春景色渲染思乡愁绪，归梦未得、杜鹃夜啼进一步突出了愁绪难泯，早生的华发时刻在唤醒着难堪的迟暮之悲。旅怀：客居他乡的情怀。

②崔涂：字礼山。晚唐诗人。江南桐庐富春人（今浙江富春江一带），唐僖宗光启年间进士，终生漂泊，久在巴蜀、湘鄂、秦陇为客，

蝴蝶梦中家万里

自称是"孤独异乡人"(《除夕有怀》)。工诗,诗以漂泊为题材,多羁愁别恨之作,情调抑郁苍凉。

③楚城:泛指楚地。

④蝴蝶梦:典出《庄子·齐物论》:"昔者庄周梦为胡蝶,栩栩然胡蝶也。自喻适志与,不知周也。俄然觉,则蘧蘧然周也。不知周之梦为胡蝶与?胡蝶之梦为周与?周与胡蝶则必有分矣。此之谓物化。"这里泛指梦。

⑤杜鹃:鸟名,声音似"不如归去",听到杜鹃啼叫声,诗人思乡的心情更为急切。

⑥故园:家乡。书:书信。动:动辄,每每。经年:常年。绝:音信断绝。

⑦华发:花白头发。

⑧自是:本来是。归便得:要回去就可以回去。

⑨五湖:旧称滆湖、长荡湖、射湖、贵湖、太湖为五湖,泛指太湖一带。春秋时期范蠡辅佐越王勾践成就霸业后,功成身退,泛舟五湖。烟景:风烟景物。

答李儋①
dá lǐ dān

韦应物
wéi yīng wù

去年花里逢君别②,
qù nián huā lǐ féng jūn bié

今日花开又一年。
jīn rì huā kāi yòu yī nián

世事茫茫难自料,
shì shì máng máng nán zì liào

chūn chóu àn àn dú chéng mián
春 愁 黯 黯 独 成 眠 ③。

shēn duō jí bìng sī tián lǐ
身 多 疾 病 思 田 里 ④,

yì yǒu liú wáng kuì fèng qián
邑 有 流 亡 愧 俸 钱 ⑤。

wén dào yù lái xiāng wèn xùn
闻 道 欲 来 相 问 讯 ⑥,

xī lóu wàng yuè jǐ huí yuán
西 楼 望 月 几 回 圆 ⑦。

【注释】

①诗题一作《答李儋元锡》,又作《寄李儋元锡》。诗作于唐德宗兴元元年(784)春。唐德宗建中四年(783)暮春入夏时节,韦应物从尚书比部员外郎调任滁州刺史,离开长安,秋天到达滁州任所。李儋时任殿中侍御史,在长安与韦应物分别后,曾托人问候。次年春天,韦应物写了这首诗寄赠。诗以平淡的语言写出动荡不安的时局和对民生疾苦的同情以及自己的孤独寂寞,真切地企望友人的来访。李儋:字元锡,唐朝宗室,甘肃武威人,曾官殿中侍御史,韦应物的好友,两人的唱和诗很多。

②花里:花开季节,春季。

③黯黯:黯然,沮丧的样子。

④思田里:思念故乡,这里含有盼望归隐的意思。

⑤邑:城市,这里指苏州。愧俸钱:愧对官俸。

⑥闻道:听说。问讯:探望。

⑦西楼:观风楼。

江　村^①

jiāng　cūn

杜　甫
dù　fǔ

清 江 一 曲 抱 村 流^②，
qīng jiāng yī qū bào cūn liú

长 夏 江 村 事 事 幽^③。
cháng xià jiāng cūn shì shì yōu

自 去 自 来 梁 上 燕^④，
zì qù zì lái liáng shàng yàn

相 亲 相 近 水 中 鸥^⑤。
xiāng qīn xiāng jìn shuǐ zhōng ōu

老 妻 画 纸 为 棋 局^⑥，
lǎo qī huà zhǐ wéi qí jú

稚 子 敲 针 作 钓 钩^⑦。
zhì zǐ qiāo zhēn zuò diào gōu

多 病 所 须 惟 药 物^⑧，
duō bìng suǒ xū wéi yào wù

微 躯 此 外 更 何 求^⑨。
wēi qū cǐ wài gèng hé qiú

【注释】

①诗作于唐肃宗上元元年 (760) 夏成都浣花溪畔。诗通过描写燕子来去自由、鸥鸟无猜、妻子画纸为棋盘和儿子做钓钩等表现出浣花溪生活的惬意自适，而末句含蓄地流露出怅然之意。

②江：锦江，岷江的支流，在成都西郊的一段又叫浣花溪。抱：环抱，绕着。

③幽：幽静，安闲。

④自去自来：来去随意的样子。

老妻画纸为棋局，
稚子敲针作钓钩

⑤相亲相近：形容鸥鸟融洽亲近的样子。

⑥棋局：棋盘。

⑦稚子：幼子。

⑧须：需要。惟：只是。

⑨微躯：微贱的身体，诗人谦称。

xià rì
夏　日 ①

zhāng lěi
张　耒 ②

cháng xià jiāng cūn fēng rì qīng
长 夏 江 村 风 日 清 ③，

yán yá yàn què yǐ shēng chéng
檐 牙 燕 雀 已 生 成 ④。

蝶衣晒粉花枝舞⑤，
dié yī shài fěn huā zhī wǔ

蛛网添丝屋角晴。
zhū wǎng tiān sī wū jiǎo qíng

落落疏帘邀月影⑥，
luò luò shū lián yāo yuè yǐng

嘈嘈虚枕纳溪声⑦。
cáo cáo xū zhěn nà xī shēng

久斑两鬓如霜雪⑧，
jiǔ bān liǎng bìn rú shuāng xuě

直欲樵渔过此生⑨。
zhí yù qiáo yú guò cǐ shēng

【注释】

①诗用工笔细描的手法，描绘出夏日江村清幽美丽的景色，表达了对大自然的欣赏和归隐生活的自得之乐。

②张耒(1054—1114)：宋代诗人，字文潜，号柯山，楚州淮阴(今属江苏)人。祖籍亳州谯县(今安徽亳州)，苏门四学士之一。诗风平易流丽，颇有白居易、张籍、王建之风。

③清：清爽，晴朗。

④檐牙：屋檐，因边缘呈牙齿状得名。

⑤蝶衣：蝴蝶翅膀。晒粉：晒翅膀上的粉。

⑥落落：稀疏的样子。邀月影：月影透过帘子，好像受邀请而来，拟人的手法。陈文瑛《盆梅》："赖君邀月影，使我涤尘襟。"

⑦嘈嘈：流水声。虚枕：空心的枕头。纳溪声：枕边传来了流水声。

⑧久斑：早已斑白。

⑨直欲：真想，真愿意。樵渔：砍柴打鱼，借指归隐。

wǎng chuān jī yǔ
辋 川 积 雨 ①

王 维 wáng wéi

jī yǔ kōng lín yān huǒ chí
积 雨 空 林 烟 火 迟 ②，

zhēng lí chuī shǔ xiǎng dōng zī
蒸 藜 炊 黍 饷 东 菑 ③。

mò mò shuǐ tián fēi bái lù
漠 漠 水 田 飞 白 鹭 ④，

yīn yīn xià mù zhuàn huáng lí
阴 阴 夏 木 啭 黄 鹂 ⑤。

shān zhōng xí jìng guān zhāo jǐn
山 中 习 静 观 朝 槿 ⑥，

sōng xià qīng zhāi zhé lù kuí
松 下 清 斋 折 露 葵 ⑦。

yě lǎo yǔ rén zhēng xí bà
野 老 与 人 争 席 罢 ⑧，

hǎi ōu hé shì gèng xiāng yí
海 鸥 何 事 更 相 疑 ⑨。

【注释】

①诗为《辋川集》之一。王维自唐玄宗天宝三载（744）至十五载（756）前后常居于辋川，作《辋川集》，期间与裴迪诗相往来。诗描绘出辋川雨后清幽的景色，表现了诗人隐居山林、脱离尘俗的闲情雅致，抒发了对幽静景色的喜爱，对宦海生活的厌倦。辋川：在今陕西蓝田县南二十里，水出终南山辋谷，北流入霸水。诗人在此有辋川别

墅。积雨：久雨。

②烟火迟：烟火缓
缓地上升。雨后空气湿
度大，气压低，又无风，
烟火升得慢。

③藜（lí）：一种野
菜，又名灰菜。黍：黍
子，黄米。饷：送饭。东
菑（zī）：东边耕作者。
菑，初耕的田地。

④漠漠：辽阔无边
的样子。次联由李嘉祐
"水田飞白鹭，夏木啭

漠漠水田飞白鹭，阴阴夏木啭黄鹂

黄鹂"点化而来，使画面更开阔，色彩更明丽，所塑造意境对后世影
响很大。

⑤阴阴：阴暗潮湿。夏木：夏天的树木。

⑥习静：习惯于幽静的环境。朝槿：即木槿。花朝开暮落，故常
用以喻事物变化之速或时间的短暂。

⑦清斋：素食。露葵：带有露水的葵菜。

⑧野老：居于郊野的人，诗人自称。争席罢：不再争座次，指争名
夺利的官场生活已经结束。争席，典出《庄子·寓言》，阳子见老子，
"其返也，舍者与之争席"。

⑨海鸥：典出《列子·黄帝》。有海边好鸥者，每天与海鸥相亲。
后其父要捉海鸥来玩，第二天，海鸥再也不与他亲近了。

新竹^①

xīn zhú

陆游^②

lù yóu

chā jí biān lí jǐn hù chí
插 棘 编 篱 谨 护 持^③，

yǎng chéng hán bì yìng lián yī
养 成 寒 碧 映 涟 漪^④。

qīng fēng lüè dì qiū xiān dào
清 风 掠 地 秋 先 到^⑤，

chì rì xíng tiān wǔ bù zhī
赤 日 行 天 午 不 知^⑥。

jiě tuò shí wén shēng sù sù
解 箨 时 闻 声 簌 簌^⑦，

fàng shāo chū jiàn yǐng lí lí
放 梢 初 见 影 离 离^⑧。

guī xián wǒ yù pín lái cǐ
归 闲 我 欲 频 来 此^⑨，

zhěn diàn réng jiào dào chù suí
枕 簟 仍 教 到 处 随^⑩。

【注释】

①诗题一作《东湖新竹》。这首咏物诗突出描绘了新竹夏日给人带来的清爽感受以及竹笋成长的勃勃生机，流露出诗人的欣喜之情以及对官场生活的厌倦。

②陆游（1125—1210）：字务观，号放翁。越州山阴（今浙江绍兴）人。南宋"中兴四大诗人"之一。

③谨：小心。护持：卫护。

④寒碧：本指碧玉，因为碧玉晶莹带有凉意，所以称为寒碧；这里用来比喻新竹。涟漪（yī）：水纹，这里指微波荡漾的水面。

⑤掠地:吹拂地面。秋先到:因为新竹的清爽,使得主人提前领略到秋天的凉爽。

⑥赤日:烈日。

⑦解箨(tuò):脱去笋壳。箨,笋壳。钱起《谢张法曹万顷小山暇景见忆》:"解箨雨中竹,将维花际禽。"

⑧放梢:发枝长杈,枝梢伸展开。离离:竹影纵横交错的样子。

⑨归闲:回乡闲居。频:多次。

⑩枕簟(diàn):枕头与竹席。

biǎo xiōng huà jiù
表 兄 话旧①

窦叔向② dòu shū xiàng

yè hé huā kāi xiāng mǎn tíng
夜 合 花 开 香 满 庭③,

yè shēn wēi yǔ zuì chū xǐng
夜 深 微 雨 醉 初 醒。

yuǎn shū zhēn zhòng hé yóu dá
远 书 珍 重 何 由 达④,

jiù shì qī liáng bù kě tīng
旧 事 凄 凉 不 可 听⑤。

qù rì ér tóng jiē zhǎng dà
去 日 儿 童 皆 长 大,

xī nián qīn yǒu bàn diāo líng
昔 年 亲 友 半 凋 零⑥。

míng zhāo yòu shì gū zhōu bié
明 朝 又 是 孤 舟 别,

chóu jiàn hé qiáo jiǔ màn qīng
愁 见 河 桥 酒 慢 青。

夜合花开香满庭，夜深微雨醉初醒

【注释】

①诗题一作《夏夜宿表兄话旧》。诗以婉丽凄清的语言，将乱后相逢的人间亲情、人生感慨、暂聚还别的惆怅，在凄凉的氛围中娓娓道来。

②窦叔向：字遗直，唐代扶风（今陕西凤翔）人。官终工部尚书。工五言，名冠时辈。集七卷，今存诗九首。

③夜合：即合欢，落叶乔木，叶似槐叶，昼开暮合。

④远书：远方亲人的来信。何由达：何曾达到。何由：一作"何曾"。达：一作"答"。

⑤旧事：往事。不可听：听不下去。

⑥凋零：本指草木凋落，引申为人的死亡。

ǒu　　chéng
偶　成 ①

chéng hào
程　颢

xián lái wú shì bù cóng róng
闲 来 无 事 不 从 容 ②，

shuì jué dōng chuāng rì yǐ hóng
睡 觉 东 窗 日 已 红 ③。

wàn wù jìng guān jiē zì dé
万 物 静 观 皆 自 得 ④，

sì shí jiā xìng yǔ rén tóng
四 时 佳 兴 与 人 同 。

dào tōng tiān dì yǒu xíng wài
道 通 天 地 有 形 外 ⑤，

sī rù fēng yún biàn tài zhōng
思 入 风 云 变 态 中 。

fù guì bù yín pín jiàn lè
富 贵 不 淫 贫 贱 乐 ⑥，

nán ér dào cǐ shì háo xióng
男 儿 到 此 是 豪 雄 ⑦。

【注释】

①诗歌描绘出诗人作为一位理学大师潜心治学的闲适生活以及体验到世间真知的快乐，表现了诗人的价值观。

②闲来：闲时。从容：悠闲舒适。

③睡觉(jué)：一觉醒来。

④万物：天地间的事物。静观：静静地观察。

闲来无事不从容，睡觉东窗日已红

⑤道：我国古代的一个基本哲学概念，是超乎具体形体以外的范畴，大致相当于道理、真理。通：贯通。

⑥富贵不淫贫贱乐：语出《孟子·滕文公下》："富贵不能淫，贫

贱不能移,威武不能屈,此之谓大丈夫。"《论语·雍也》:"一箪食,一瓢饮,在陋巷,人不堪其忧,回也不改其乐。"意思是说富贵不能乱志,贫贱之中仍然怡然其乐。

⑦到此:到达这个境界。豪雄:英雄豪杰。

游 月 陂 ①
yóu yuè bēi

chéng hào
程 颢

月 陂 堤 上 四 徘 徊 ②,
yuè bēi dī shàng sì pái huái

北 有 中 天 百 尺 台 ③。
běi yǒu zhōng tiān bǎi chǐ tái

万 物 已 随 秋 气 改,
wàn wù yǐ suí qiū qì gǎi

一 樽 聊 为 晚 凉 开 ④。
yī zūn liáo wèi wǎn liáng kāi

水 心 云 影 闲 相 照,
shuǐ xīn yún yǐng xián xiāng zhào

林 下 泉 声 静 自 来 ⑤。
lín xià quán shēng jìng zì lái

世 事 无 端 何 足 计,
shì shì wú duān hé zú jì

但 逢 佳 节 约 重 陪 。
dàn féng jiā jié yuē chóng péi

【注释】

①这是首富含哲理意味的记游诗,描绘了秋声、秋色、秋云及世事诸方面,抒发了闲适达观、物我相悦的情怀。月陂(bēi):陂名,

地址不详。陂,水池。

②四徘徊:四顾徘徊,来回走动。

③中天:半空中,形容台高。

④樽:一种盛酒的器具。聊:暂且。

⑤林下:树林之下。本指清幽处所,常指代隐居所在。

秋　兴　其一^①

qiū　xīng　qí yī

杜　甫

dù　fǔ

玉露凋伤枫树林^②,
yù　lù　diāo shāng fēng shù lín

巫山巫峡气萧森^③。
wū shān wū xiá　qì xiāo sēn

江间波浪兼天涌^④,
jiāng jiān　bō làng jiān tiān yǒng

塞上风云接地阴^⑤。
sài shàng fēng yún jiē　dì　yīn

丛菊两开他日泪^⑥,
cóng jú liǎng kāi　tā　rì　lèi

孤舟一系故园心^⑦。
gū zhōu yī　xì　gù yuán xīn

寒衣处处催刀尺^⑧,
hán yī　chù chù cuī dāo chǐ

白帝城高急暮砧^⑨。
bái　dì chéng gāo jí　mù zhēn

【注释】

①唐代宗大历元年(766)秋,杜甫流寓夔州(今四川奉节),因

寒衣处处催刀尺

秋而兴家国身世之感,作《秋兴》八首。这首诗写出巫山巫峡一带萧瑟阴晦的秋日景象,抒发了诗人孤独漂泊的思乡之情和对国家时局的忧心忡忡。秋兴:借秋天的景物抒发情怀。

②玉露:白露,霜。凋伤:摧残,使草木衰败,枝叶凋零。

③巫山巫峡:泛指夔州一带长江和两岸山峦。萧森:萧瑟阴森,形容深秋景色凄冷。

④兼天涌:连天涌起,形容波浪滔天的水势。

⑤塞上:边关险要的地方,这里指夔州地处边远,山势险要。地阴:地面的阴暗气象。

⑥丛菊两开:两次见到菊花开放,即过了两个年头。开,开放。他日:往日。

⑦一系：永系。

⑧催刀尺：催人赶制冬衣。

⑨白帝：白帝城，在今四川奉节城外临长江的山上，为三国时刘备托孤之处。暮砧（zhēn）：黄昏时的捣衣声。

秋　兴　其三①

杜甫

千家山郭静朝晖②，
日日江楼坐翠微③。
信宿渔人还泛泛④，
清秋燕子故飞飞⑤。
匡衡抗疏功名薄⑥，
刘向传经心事违⑦。
同学少年多不贱⑧，
五陵裘马自轻肥⑨。

【注释】

①诗歌表现晨曦中的夔州虽然秋色清明、江色宁静，并没有给诗人带来内心的平静，诗人回顾往昔，慨叹诸事不遂愿。

②山郭：靠山的城郭。静：安静，静穆。

③翠微：青绿的山色。

④信宿：再宿，连宿两夜。古代称一宿为宿，二宿叫次，二次以上叫信。还泛泛：仍在水上漂浮。

⑤清秋：深秋。飞飞：飞动的样子。

⑥匡衡抗疏：汉元帝时匡衡多次上疏，议论朝政，升光禄大夫、太子少傅。这里诗人慨叹自己任左拾遗时上书救房琯，结果遭贬。

⑦刘向传经：汉宣帝时，刘向奉命传授《榖梁传》，在石渠阁讲论五经（《诗》、《书》、《礼》、《易》、《春秋》，五部儒家经典著作），汉成帝时又点校内府五经。这里诗人以刘向自比，感叹自己虽有传授经书、辅佐朝廷的愿望，但往往事与愿违，反而被朝廷疏远。

⑧不贱：显贵。贱，贫贱。

⑨五陵：长安北郊五座汉代帝王陵墓，即长陵、安陵、阳陵、茂陵、平陵，汉代每建一座陵墓，都将各地豪族外戚迁到附近。轻肥：轻裘肥马，豪贵生活。

秋　兴　其五①
qiū　xīng　qí wǔ

杜甫
dù fǔ

蓬　莱　宫　阙　对　南　山②，
péng lái gōng què duì nán shān

承　露　金　茎　霄　汉　间③。
chéng lù jīn jīng xiāo hàn jiān

西　望　瑶　池　降　王　母④，
xī wàng yáo chí jiàng wáng mǔ

东来紫气满函关⑤。
dōng lái zǐ qì mǎn hán guān

云移雉尾开宫扇⑥，
yún yí zhì wěi kāi gōng shàn

日绕龙鳞识圣颜⑦。
rì rào lóng lín shí shèng yán

一卧沧江惊岁晚⑧，
yī wò cāng jiāng jīng suì wǎn

几回青琐点朝班⑨。
jǐ huí qīng suǒ diǎn cháo bān

【注释】

①诗人借回忆往昔写愁绪。长安宫殿巍峨壮观、早朝场面庄严肃穆、自己的得识龙颜，一切都曾那么美好，而如今这些追忆只能徒增无尽的烦恼。

②蓬莱：宫殿名，唐高宗龙朔二年 (662)，修大明宫，改名蓬莱宫。宫阙：宫殿。阙，皇宫城门前的亭子。南山：终南山，主峰在长安以南。

③承露金茎：汉武帝时建的金茎承露盘，在长安建章宫西，这里借汉宫比拟唐宫。霄汉间：形容极高。

④瑶池：神话传说中西王母所居之处，在昆仑山上。

⑤紫气：祥瑞之气。《列仙传》记载，老子西游函谷关，有紫气笼罩。函关：函谷关，在今河南灵宝附近。

⑥云移：宫扇像云彩一样缓缓移动。雉尾：雉尾扇，一种用野鸡尾羽做成的宫中仪仗。

⑦日绕龙鳞：皇帝的龙袍，上有龙浮江海、旭日东升图像。也可

理解为皇帝的龙袍光彩夺目，如日光缭绕。圣颜：皇帝的面容。

⑧沧江：长江。岁晚：秋天，暗指自己已近晚年。

⑨青琐：宫门上刻着连琐，有纵横交错的花纹，涂以青色，所以叫青琐，这里借指朝房。点朝班：上朝点名，依次入班。

秋兴其七①

杜甫

昆明池水汉时功②，
武帝旌旗在眼中③。
织女机丝虚夜月④，
石鲸鳞甲动秋风⑤。
波飘菰米沉云黑⑥，
露冷莲房坠粉红⑦。
关塞极天惟鸟道⑧，
江湖满地一渔翁⑨。

【注释】

①诗人回忆昆明池的景象，展示了唐朝当年强大的国力、壮丽的景物和富饶的物产，抒发了诗人的孤独寂寥和忧国之思。

②昆明池：汉武帝为增强水军力量，于元狩三年（前120）在长安城西仿照云南昆明滇池，凿池训练水师，所以叫昆明池。

③武帝：汉武帝刘彻，这里指唐玄宗。

④织女：昆明池有牛郎、织女的石雕像，分别在池的东、西侧。虚夜月：昆明池畔的织女不能纺织，虚度月光照耀的秋夜。

⑤石鲸：昆明池中玉石雕刻的鲸鱼。《西京杂记》载："昆明池刻玉石为鲸鱼，每至雷雨常鸣吼，鬐（qí）尾皆动。"动秋风：石刻鲸鱼形象逼真，好像在秋风里摆动。

⑥菰（gū）米：又称雕胡、茭白，生水中，秋季结实，色白而滑。

⑦莲房：莲蓬。

⑧关塞：险隘关口，指夔州。极天：形容极高。鸟道：只有鸟可以飞过去的道路，指险峻狭窄的山路。

⑨江湖满地：形容漂泊在无穷无尽的江湖上，无所归宿。渔翁：诗人自称。

月 夜 舟 中 ①
yuè yè zhōu zhōng

戴 复 古
dài fù gǔ

满 船 明 月 浸 虚 空 ②，
mǎn chuán míng yuè jìn xū kōng

绿 水 无 痕 夜 气 冲 ③。
lǜ shuǐ wú hén yè qì chōng

诗 思 浮 沉 樯 影 里 ④，
shī sī fú chén qiáng yǐng lǐ

梦 魂 摇 曳 橹 声 中 ⑤。
mèng hún yáo yè lǔ shēng zhōng

xīng chén lěng luò bì tán shuǐ
星　辰　冷　落　碧　潭　水，

hóng yàn bēi míng hóng liǎo fēng
鸿　雁　悲　鸣　红　蓼　风 ⑥。

shù diǎn yú dēng yī gǔ àn
数　点　渔　灯　依　古　岸 ⑦，

duàn qiáo chuí lù dī wú tóng
断　桥　垂　露　滴　梧　桐 。

【注释】

①诗题一作《月中泛舟》。诗描绘了月夜西湖泛舟时见到的凄清冷寂的秋景，表现了诗人孤独悲凉的愁思。

②浸虚空：月色笼罩天空。浸，淹润，笼罩。虚空，天空。

③绿水无痕：形容水清浪平。冲：弥漫。

诗思浮沉樯影里，梦魂摇曳橹声中

④诗思：诗歌创作过程中的情思。浮沉：隐现。樯影：帆影。

⑤摇曳（yè）：形容摇摆不定的样子。

⑥红蓼（liǎo）风：红蓼花开时的风，指秋风。蓼，一种草本植物，花小，红色或白色，生长在水中或水边。

⑦渔灯：渔船上的灯火。

长 安 秋 望 ①
cháng ān qiū wàng

zhào gǔ
赵 嘏

云 物 凄 凉 拂 曙 流 ②，
yún wù qī liáng fú shǔ liú

汉 家 宫 阙 动 高 秋 ③。
hàn jiā gōng què dòng gāo qiū

残 星 几 点 雁 横 塞 ④，
cán xīng jǐ diǎn yàn héng sài

长 笛 一 声 人 倚 楼 。
cháng dí yī shēng rén yǐ lóu

紫 艳 半 开 篱 菊 静 ⑤，
zǐ yàn bàn kāi lí jú jìng

红 衣 落 尽 渚 莲 愁 ⑥。
hóng yī luò jìn zhǔ lián chóu

鲈 鱼 正 美 不 归 去 ⑦，
lú yú zhèng měi bù guī qù

空 戴 南 冠 学 楚 囚 ⑧。
kōng dài nán guān xué chǔ qiú

【注释】

①诗题一作《长安秋夕》，又作《长安秋晚》。唐文宗大和初年（827），诗人客游浙东，后至宣城，数应举，不第。诗作于赵嘏滞留长安未第时。诗通过描绘长安拂晓的凄清秋色，运用典故，抒发了诗人孤寂怅惘的愁思和对田园生活的向往。

②云物：云雾。拂曙：拂晓，天刚亮。流：流动，指拂晓的光亮在逐渐延伸。

③汉家宫阙：借汉喻唐，指唐代的官殿。动高秋：巍然耸立的官殿，

残星几点雁横塞，长笛一声人倚楼

似乎触动了高高的秋空。

④残星：晨星。雁横塞：雁飞过边塞。横，越过。

⑤紫艳：艳丽的紫色菊花。

⑥红衣：这里指红色的莲花瓣。渚（zhǔ）：水中的小块陆地。

⑦鲈鱼正美：《世说新语·鉴识篇》载，晋时吴郡（今苏州）张翰在洛阳做官，一次见秋风起，便想起家乡鲈鱼莼羹正是味美时候，便弃官而归，后被传为归隐美谈。这里流露出思乡心切。

⑧南冠：囚犯，用楚国钟仪囚于晋国典，表现身不由己，难以归乡。

新　秋①
xīn　qiū

杜甫
dù fǔ

火　云　犹　未　敛　奇　峰②，
huǒ yún yóu wèi liǎn qí fēng

欹　枕　初　惊　一　叶　风③。
qī zhěn chū jīng yī yè fēng

几　处　园　林　萧　瑟　里④，
jǐ chù yuán lín xiāo sè lǐ

shuí jiā zhēn chǔ jì liáo zhōng
谁家砧杵寂寥中⑤。

chán shēng duàn xù bēi cán yuè
蝉声断续悲残月，

yíng yàn gāo dī zhào mù kōng
萤焰高低照暮空⑥。

fù jiù jīn mén qī zài xiàn
赋就金门期再献⑦，

yè shēn sāo shǒu tàn fēi péng
夜深搔首叹飞蓬⑧。

【注释】

①这首诗大约作于唐肃宗上元二年 (761)，这年八月杜甫寓居成都西郊草堂。诗人从细处着笔，通过落叶惊风、砧杵声起、蝉鸣渐细等物候变化写出秋意的悲凉，抒发了迟暮之心与身世飘零之感。

②火云：彩云，一说是火烧云，也可理解为夏季炽热的云彩。

③欹 (qī)：倾斜，斜靠着。一叶风：传说立秋时节，梧桐就要落

几处园林萧瑟里，
谁家砧杵寂寥中

下地一片叶子，后人用此指代秋风。

④萧瑟：树木为秋风吹拂所发出的声音。

⑤砧（zhēn）杵（chǔ）：捣衣具。砧，捣衣石。杵，捣衣棒。

⑥萤焰：萤火。

⑦金门：汉代官殿门，又叫金马门。汉武帝得大宛马，命人铸铜像，立于鲁班门外，所以称作金马门。汉代征召来的人中才能优异者，令待诏金马门。这里是说，想献策于朝廷，以求仕进，建功立业。

⑧飞蓬：指枯后根断遇风飞旋的蓬草，比喻自己漂泊的身世。

中 秋 ①

李 朴 ②

皓魄当空宝镜升③，

云间仙籁寂无声④。

平分秋色一轮满⑤，

长伴云衢千里明⑥。

狡兔空从弦外落⑦，

妖蟆休向眼前生⑧。

灵槎拟约同携手⑨，

更待银河彻底清⑩。

【注释】

①诗描绘了中秋千里月明、碧空澄澈、万籁无声的景象，运用神话传说，表现了要以天下为己任的思想感情和除恶务尽的决心。

②李朴（1063—1127）：字先之，人称章贡先生，兴国（今江西兴国）人。有才名，善诗歌。李朴父子兄弟一门七进士，均以理学诗文见称。

③皓魄：月亮。魄，古人称月光初生或将灭时的微光。

④仙籁（lài）：仙境的声音。

⑤平分秋色：八月十五正值秋季之半，所以说平分秋色。也可理解为月与大地平分它的光亮。

⑥云衢（qú）：云海中月亮运行的轨迹。衢，四通八达的道路。

⑦狡兔：传说月中捣药的白兔，据说它可以使月亮生光。弦：农历初七八，月亮缺上半部分，叫上弦月；二十二三，缺下半部分，叫下弦月。

⑧妖蟆：传说中的月里蟾蜍，能食月，使月亮产生圆缺变化。

⑨灵槎（chá）：仙槎。槎，木筏。传说海与天河相通，汉时有人乘槎去天河，与牛郎织女相遇。拟约：打算邀请。

⑩更待银河彻底清：用比喻的修辞手法，表达了对清平政治的渴望。

皓魄当空宝镜升，云间仙籁寂无声

九日蓝田会饮①
jiǔ rì lán tián huì yǐn

杜甫
dù fǔ

老去悲秋强自宽②，
lǎo qù bēi qiū qiǎng zì kuān

兴来今日尽君欢③。
xìng lái jīn rì jìn jūn huān

羞将短发还吹帽④，
xiū jiāng duǎn fà hái chuī mào

笑倩旁人为正冠⑤。
xiào qiàn páng rén wèi zhèng guān

蓝水远从千涧落⑥，
lán shuǐ yuǎn cóng qiān jiàn luò

玉山高并两峰寒⑦。
yù shān gāo bìng liǎng fēng hán

明年此会知谁健⑧，
míng nián cǐ huì zhī shuí jiàn

醉把茱萸仔细看⑨。
zuì bǎ zhū yú zǐ xì kān

【注释】

①诗题一作《九日蓝田崔氏庄》。大约作于乾元元年（758）九月九日，当时，杜甫因房琯事被贬华州司功参军，在华州受崔氏邀请，在蓝田的崔氏庄小憩。诗以乐景写哀情，以壮语写悲情，展示了诗人强作欢颜的情形，抒发了诗人的迟暮之心、悲秋之感、宦海浮沉之悲。九日：九月九日，重阳节。

②强自宽：勉强地自我宽慰。

③兴：兴致。尽君欢：尽情与你欢乐。

羞将短发还吹帽，笑倩旁人为正冠

④羞将短发：因为头发短而不好意思。吹帽：典出《晋书·孟嘉传》。重阳节时，东晋大将桓温在龙山宴集同僚官佐属吏，参军孟嘉的帽子被风吹落而不自知，桓温命孙盛写文章嘲笑他，而孟嘉神情自若，一时传为美谈。

⑤倩：请。正冠：把帽子端正。

⑥蓝水：蓝田溪谷里的水。

⑦玉山：蓝田山，因盛产玉，又称玉山。蓝田山与华山很近，所以说"高并两峰"。

⑧此会：这样的聚会。健：健康，健在。

⑨把：持，拿。茱萸：一种植物，有浓烈香味，旧时风俗，每逢重阳节佩茱萸、饮菊花茶，据说可以消灾灭祸，延年益寿。

秋 思 ①

陆 游

利欲驱人万火牛②，

江湖浪迹一沙鸥③。

日长似岁闲方觉④，

事大如天醉亦休⑤。

砧杵敲残深巷月，

梧桐摇落故园秋⑥。

欲舒老眼无高处⑦，

安得元龙百尺楼⑧。

【注释】

①诗人以沙鸥自喻，表现了自己的落落寡合，既痛恨世人为利欲所驱使，又不满于自己的闲适，抒发了报国无门的痛苦。

②利欲：追求利禄的欲望。驱人：驱使人。万火牛：战国时燕、齐交战，燕攻破齐国七十多座城池，只有莒、即墨没有攻破。齐将田单在牛角上捆绑利刃，牛尾纵火，使牛冲向燕国，大败燕国，保全了齐国。这里是说利欲可以使人疲于奔命，无所顾忌。

③浪迹：到处漂泊，行踪不定。

④日长似岁：度日如年。方：才会，才能。觉：觉察，意识到。

⑤休：完结，忘却。

⑥"砧杵"以下两句：写深巷月光下砧杵声不停，给人一种凄惨的感觉，下句写看到桐树叶子飘落，心里不由自主地产生思乡的愁绪。摇落，凋残，零落。

⑦舒：舒展。

⑧安得：哪里能够。元龙：即陈登，字元龙，三国时魏人。百尺楼：《三国志·魏书·陈登传》载，陈登曾任广陵太守，为人豪放不羁，客至，常自上大床卧，使客人睡下床。一日，刘备、许汜在刘表处品评人物，许汜对陈登有所贬词。刘备说："君有国士之名，今天下大乱，帝主失所，望君忧国忘家，有救世之意。而君求田问舍，言无可采，是元龙所讳也，何缘当与君语！如小人，欲卧百尺楼上，卧君于地，何但上下床之间耶？"

与 朱 山 人 ①
yǔ zhū shān rén

杜 甫
dù fǔ

锦 里 先 生 乌 角 巾 ②，
jǐn lǐ xiān shēng wū jiǎo jīn

园 收 芋 栗 未 全 贫 ③。
yuán shōu yù lì wèi quán pín

惯 看 宾 客 儿 童 喜，
guàn kàn bīn kè ér tóng xǐ

得 食 阶 除 鸟 雀 驯 ④。
dé shí jiē chú niǎo què xùn

秋 水 才 深 四 五 尺，
qiū shuǐ cái shēn sì wǔ chǐ

yě háng qià shòu liǎng sān rén
野 航 恰 受 两 三 人⑤。

bái shā cuì zhú jiāng cūn mù
白 沙 翠 竹 江 村 暮，

xiāng sòng chái mén yuè sè xīn
相 送 柴 门 月 色 新⑥。

【注释】

①诗题一作《南邻》，约作于唐肃宗上元三年（762）。时杜甫居住在成都浣花草堂，南邻有朱山人朱希真。诗通过幽静的环境衬托出朱山人与世无争的美好品德，山人月夜相送的场景显示了隐居生活的纯朴自然。

②锦里：锦江附近。乌角巾：一种隐士常戴的黑色头巾。

③芋栗：芋头和栗子。未全贫：不算是很贫困，暗指朱希真安贫乐道。

④阶除：台阶。驯：驯服。

⑤野航：野外水道里航行的船只。恰受：刚刚能够承受。

⑥月色新：月亮刚出来。

wén dí
闻 笛①

zhào gǔ
赵 嘏

shuí jiā chuī dí huà lóu zhōng
谁 家 吹 笛 画 楼 中②，

duàn xù shēng suí duàn xù fēng
断 续 声 随 断 续 风③。

xiǎng è xíng yún héng bì luò
响 遏 行 云 横 碧 落 ④，

qīng hé lěng yuè dào lián lóng
清 和 冷 月 到 帘 栊 ⑤。

xìng lái sān nòng yǒu huán zǐ
兴 来 三 弄 有 桓 子 ⑥，

fù jiù yī piān huái mǎ róng
赋 就 一 篇 怀 马 融 ⑦。

qǔ bà bù zhī rén zài fǒu
曲 罢 不 知 人 在 否，

yú yīn liáo liàng shàng piāo kōng
余 音 嘹 亮 尚 飘 空 。

【注释】

①本诗不见于《全唐诗》赵嘏集中，《分门纂类唐宋时贤千家诗选》卷十八署名刘后村，但也不见于《后村居士诗》，《全宋诗》未收，作者待考。这首诗用拟人、夸张、通感、典故等多种手法生动形象地描绘出听笛的音乐感受，赞扬吹笛人技艺高超。

②画楼：装饰精美的楼。

③断续：断断续续。

④响遏（è）行云：《列子·汤问》："（秦青）抚节悲歌，声震林木，响遏行云。"形容笛声响彻云霄，阻挡住了流动的云彩。遏，阻止。碧落：碧空，天空。

⑤清和冷月：清冷柔和的月色。

⑥三弄：三支曲子。弄，乐曲称作弄。桓子：指东晋桓伊，善音乐。据《世说新语·任诞》载，王子猷听说桓伊善吹笛，而不相识。王在

船中，适逢桓在岸上，就请为他吹笛。桓伊就下车，据胡床，为做三调，吹毕上车而去。两人不作一言。相传《梅花三弄》就是依据他的"三调"改编的。

⑦马融：东汉人，字季长，才学博洽，善鼓琴吹笛，著有《长笛赋》。

冬 景①

刘克庄

晴窗早觉爱朝曦，
竹外秋声渐作威②。
命仆安排新暖阁③，
呼童熨贴旧寒衣④。
叶浮嫩绿酒初熟⑤，
橙切香黄蟹正肥⑥。
蓉菊满园皆可羡⑦，
赏心从此莫相违。

【注释】

①诗题一作《晚秋》，由"竹外秋声渐作威"可知吟咏的是晚秋初冬景物。诗用白描的手法写晚秋早冬景象，在毫不萧瑟的景致中表

命仆安排新暖阁，
呼童熨贴旧寒衣

现了诗人的达观自适、随物化迁的思想感情。

②秋声：秋天自然界的声响。渐作威：逐渐猛烈。

③仆：仆人。暖阁：设炉取暖的楼阁。

④熨贴：把衣服熨平。

⑤叶浮嫩绿：比喻新酒酒色像嫩绿的竹叶浮在上面那样鲜绿清亮。

⑥橙切香黄：比喻初冬的螃蟹正肥，煮熟以后像刚切开的橙子那样鲜黄甘美。

⑦蓉菊：木芙蓉、菊花。可羡：值得玩赏。

dōng zhì
冬　至^①

dù fǔ
杜 甫

tiān shí rén shì rì xiāng cuī
天 时 人 事 日 相 催^②，
dōng zhì yáng shēng chūn yòu lái
冬 至 阳 生 春 又 来^③。

cì xiù wǔ wén tiān ruò xiàn
刺 绣 五 纹 添 弱 线 ④，

chuī jiā liù guǎn dòng fēi huī
吹 葭 六 管 动 飞 灰 ⑤。

àn róng dài là jiāng shū liǔ
岸 容 待 腊 将 舒 柳 ⑥，

shān yì chōng hán yù fàng méi
山 意 冲 寒 欲 放 梅 ⑦。

yún wù bù shū xiāng guó yì
云 物 不 殊 乡 国 异 ⑧，

jiào ér qiě fù zhǎng zhōng bēi
教 儿 且 覆 掌 中 杯 。

【注释】

①诗题一作《小至》。小至，又称小冬日，冬至前一天。诗作于唐代宗大历元年（766），时杜甫流寓夔州。诗写冬至阳生春将来的种种情形，表现了诗人因节令变化而产生的喜悦和对美好前景的憧憬。

②天时人事：自然界的时序与人世间的事情。

③冬至：节令名，一般在阴历十一月间，此节过后，逐渐日长夜短。阳生：阳气上升。

④五纹：花纹。添弱线：据《唐杂录》，唐代官中据日影长短安排纺织工作量，冬至后日暑渐长，比常日增一线的工作量。弱线，细丝。

⑤吹葭六管：古代预测节令，将芦苇茎中的薄膜制成灰，放在十二乐律的玉管中，将玉管放在木案上，到了某一节气，相应律管内的灰就会自动飞出。六管，十二节气中的六律、六玉管。

⑥岸容：河边的物色。腊：腊月。舒柳：柳树将发新芽，舒展枝条。

⑦冲寒：迎着寒气，冲破寒气。

⑧云物：景物。乡国：故乡。

梅　花①

lín bū
林　逋②

众 芳 摇 落 独 暄 妍③，

占 尽 风 情 向 小 园④。

疏 影 横 斜 水 清 浅，

暗 香 浮 动 月 黄 昏⑤。

霜 禽 欲 下 先 偷 眼⑥，

粉 蝶 如 知 合 断 魂⑦。

幸 有 微 吟 可 相 狎⑧，

不 须 檀 板 共 金 樽⑨。

【注释】

①诗题一作《山园小梅》，原作二首，此选一。这首咏物诗从多方面写梅花神韵。首联写梅花凌寒独放，风光无限；颔联写其疏朗俊健之形与香气袭人；颈联用禽鸟作衬托；尾联写吟赏之乐。自此诗一出，咏梅之风日盛。苏轼甚至还把林逋的这首诗，作为咏物抒怀的

众芳摇落独暄妍，占尽风情向小园

范例让其子苏过模仿。随着咏梅风气的盛行，林逋之名与孤山梅花也热了起来，故明诗人王猗有"只因误识林和靖，惹得诗人说到今"之句。

②林逋（967—1028）：北宋诗人，字君复，宁波奉化黄贤村人。后人称其为"和靖先生"。出生于儒学世家，早年曾游历于江淮等地，四十多岁后隐居于杭州西湖孤山之下。据传足不出户，终生未娶，以植梅养鹤为乐，称"梅妻鹤子"。今杭州西湖的小孤山有许多梅花，有放鹤亭及林逋墓。

③众芳：百花。暄妍：原指天气和暖，景物明媚，这里形容梅花鲜艳夺目。

④风情：风采，风光。

⑤"疏影"以下两句：化用五代南唐诗人江为"竹影横斜水清浅，桂香浮动月黄昏"而来，由原作咏竹、咏桂转而吟咏梅花神韵，从此"暗香疏影"就成为梅的代名词，频频出现于文学作品中。疏影，梅花疏朗的影子。暗香，幽香，清香。黄昏，形容月色朦胧。

⑥偷眼：偷看。

⑦合：应该。断魂：痴痴呆呆，丧魂落魄的样子。

⑧微吟：轻声念新作的诗。

⑨檀板：演奏音乐用的檀木拍板，这里借指音乐。共：与。金樽：珍贵的酒杯，这里借指美酒。

自　咏①
zì　yǒng

韩愈
hán yù

一封朝奏九重天②，
yī fēng zhāo zòu jiǔ chóng tiān

夕贬潮阳路八千③。
xī biǎn cháo yáng lù bā qiān

本为圣明除弊政④，
běn wèi shèng míng chú bì zhèng

敢将衰朽惜残年⑤。
gǎn jiāng shuāi xiǔ xī cán nián

云横秦岭家何在⑥，
yún héng qín lǐng jiā hé zài

雪拥蓝关马不前⑦。
xuě yōng lán guān mǎ bù qián

知汝远来应有意⑧，
zhī rǔ yuǎn lái yīng yǒu yì

好收吾骨瘴江边⑨。
hǎo shōu wú gú zhàng jiāng biān

【注释】

①诗题一作《左迁至蓝关示侄孙湘》，作于唐宪宗元和十四年（819）。当年正月，宪宗派人到凤翔（今陕西境内）法门寺迎接佛骨入宫供养，韩愈上《论佛骨表》劝谏，触怒宪宗，被贬为潮州（今广东潮阳一带）刺史。这首诗作于赴潮州途中。诗写出被贬官的原因和

地点、获罪之速、获罪之重，委婉地写出诗人一心为国却遭贬谪的愤激，表达了为国除弊的决心。

②封：奏章，呈给皇帝的意见书，即《论佛骨表》。九重天：此指皇帝。

③贬：贬官。潮阳：即潮州，今广东潮阳。八千：长安到潮州的估计距离，是说路途遥远。

④圣明：朝廷。弊政：一作"弊事"，有害的事。

⑤敢：一作"肯"，岂敢，岂肯。衰朽：体弱年迈。

⑥秦岭：泛指陕西南部的山岭。

⑦蓝关：蓝田关，在今陕西蓝田东南。

⑧汝：你，指韩湘。

⑨瘴（zhàng）江：泛指岭南河流，因当时岭南多瘴疠之气。

干 戈①
gān gē

王 中②
wáng zhōng

干 戈 未 定 欲 何 之③，
gān gē wèi dìng yù hé zhī

一 事 无 成 两 鬓 丝④。
yī shì wú chéng liǎng bìn sī

踪 迹 大 纲 王 粲 传⑤，
zōng jì dà gāng wáng càn zhuàn

情 怀 小 样 杜 陵 诗⑥。
qíng huái xiǎo yàng dù líng shī

鹡 鸰 音 断 人 千 里⑦，
jí líng yīn duàn rén qiān lǐ

乌 鹊 巢 寒 月 一 枝⑧。
wū què cháo hán yuè yī zhī

ān dé zhōng shān qiān rì jiǔ
安 得 中 山 千 日 酒 ⑨,

mǐng rán zhí dào tài píng shí
酩 然 直 到 太 平 时 ⑩。

【注释】

①诗人以王粲和杜甫自比，运用曹操"乌雀南飞"的典故，写出了战乱不断、身世凄凉、郁郁不得志、在社会中无所依托等复杂的愁绪以及对太平盛世的向往。

②王中：字积翁，南宋诗人。

③干戈：古代的两种兵器，泛指兵器、战争、战乱。欲何之：想要到哪里去。之，去，往，到。

④两鬓丝：两个鬓角上长满了白发。

⑤踪迹：脚印，行迹，行为。大纲：大致，大的方面。王粲：字仲宣，东汉人，生逢战乱，长期过着颠沛流离不得重用的日子。

干戈未定欲何之，
一事无成两鬓丝

⑥小样：略似。杜陵：杜甫，杜甫常自称杜陵野老、杜陵布衣、少陵野老，后人称之为杜陵或杜少陵。杜诗多感时伤事、忧国忧民之作。

⑦鹡鸰（jí líng）：即脊令，一种鸟。《诗经·小雅·棠棣》："脊令在原，兄弟急难。"后世用脊令比喻兄弟。

⑧乌鹊：化用曹操《短歌行》："月明星稀，乌鹊南飞。绕树三匝，何枝可依？"说自己漂泊不定。

⑨千日酒：酒名。古代传说中山人狄希能造千日酒，饮后醉千日。

⑩酩（mǐng）然：大醉的样子。

guī yǐn
归　隐①

chén tuán
陈抟②

shí nián zōng jì zǒu hóng chén
十年踪迹走红尘，

huí shǒu qīng shān rù mèng pín
回首青山入梦频③。

zǐ shòu zòng róng zhēng jí shuì
紫绶纵荣争及睡④，

zhū mén suī fù bù rú pín
朱门虽富不如贫⑤。

chóu wén jiàn jǐ fú wēi zhǔ
愁闻剑戟扶危主⑥，

mèn tīng shēng gē guō zuì rén
闷听笙歌聒醉人⑦。

xié qǔ jiù shū guī jiù yǐn
携取旧书归旧隐⑧，

yě huā tí niǎo yī bān chūn
野花啼鸟一般春。

【注释】

①相传诗人在后唐兴中年间(930—933)应进士举,落第,乃归隐,作此诗。诗人用对比的手法,写出对官场生活和所谓的笙歌醉舞、功名富贵的厌倦以及对隐居生活的向往。

②陈抟(tuán):字图南,亳州真源人。年四五岁时,戏于涡水岸侧,有青衣妇人乳之,自是聪悟日益。及长,读经史百家之言,过目成诵,颇有诗名。后唐长兴中,陈抟因举进士不第,遂不求禄仕,以山水为乐。

③回首:回想,回忆起。频:频繁。

④紫绶:系印的紫色绶带。只有官阶高的人才用紫色,这里泛指高官厚禄。纵荣:纵然荣耀。争及:怎及。

⑤朱门:古代王侯权贵的大门常漆成红色,所以朱门也就成了豪贵之家的代称。

⑥剑戟:古代的两种兵器,借指武力。扶危主:辅佐拯救危难中的君主。

⑦闷听:厌烦听,不喜听。聒(guō):吵闹。

⑧旧隐:以前隐居的地方。

shí shì xíng
时 世 行 ①

dù xún hè
杜 荀 鹤 ②

fū yīn bīng sǐ shǒu péng máo
夫 因 兵 死 守 蓬 茅 ③,

má zhù yī shān bìn fà jiāo
麻 苎 衣 衫 鬓 发 焦 ④。

sāng zhè fèi lái yóu nà shuì
桑 柘 废 来 犹 纳 税 ⑤,

tián yuán huāng jìn shàng zhēng miáo

田 园 荒 尽 尚 征 苗 ⑥。

shí tiāo yě cài hé gēn zhǔ

时 挑 野 菜 和 根 煮 ⑦，

xuán zhuó shēng chái dài yè shāo

旋 斫 生 柴 带 叶 烧 ⑧。

rèn shì shēn shān gèng shēn chù

任 是 深 山 更 深 处 ⑨，

yě yīng wú jì bì zhēng yáo

也 应 无 计 避 征 徭 ⑩。

【注释】

①诗题又作《山中寡妇》、《时世行赠田妇》。诗通过描写一位居住在大山深处的寡妇饱受战乱赋役之苦，反映了唐末战乱频仍、赋税沉重、民生凋敝的社会现实，表现了诗人对民瘼的关心。

②杜荀鹤（846—904）：字彦之，号九华山人，池州石埭（今安徽石台）人，出身寒微。传说为杜牧之子。一生以诗为业，爱苦吟，自说"乍可百年无称意，难教一日不吟诗"（《秋日闲居寄先达》）。

③蓬茅：简陋的茅草房。

④麻苎（zhù）：粗麻布。焦：焦黄。

⑤柘（zhè）：一种树，叶子可喂蚕。废来：荒废。

⑥征苗：征青苗税，唐中叶以后田赋的一种附加税，在粮食成熟前征收。

⑦挑：拣。和根：带根。

⑧旋：不久。斫（zhuó）：砍。

⑨任是：任凭是。

⑩无计：没有办法。征徭：赋税和徭役。

sòng tiān shī
送 天 师 ①

zhū quán
朱 权 ②

shuāng luò zhī chéng liǔ yǐng shū
霜 落 芝 城 柳 影 疏 ③，

yīn qín sòng kè chū pó hú
殷 勤 送 客 出 鄱 湖 ④。

huáng jīn jiǎ suǒ léi tíng yìn
黄 金 甲 锁 雷 霆 印 ⑤，

hóng jǐn tāo chán rì yuè fú
红 锦 韬 缠 日 月 符 ⑥。

tiān shàng xiǎo xíng qí zhī hè
天 上 晓 行 骑 只 鹤 ⑦，

rén jiān yè sù jiě shuāng fú
人 间 夜 宿 解 双 凫 ⑧。

cōng cōng guī dào shén xiān fǔ
匆 匆 归 到 神 仙 府 ⑨，

wèi wèn pán táo shú yě wú
为 问 蟠 桃 熟 也 无 ⑩。

【注释】

①诗通过描写天师府印及其佩饰，并运用神话传说盛赞天师的尊贵身份和法力不凡，表现了诗人对道教的推崇。天师：对道士的尊称，这里指元末明初张正常。张正常，字仲纪，汉张道陵四十二世孙，元时赐号天师，明太祖朱元璋攻下南昌，他曾派人去拜贺。不久又两次入朝。1368年，朱元璋即位，改授正一嗣教真人，赐银印。

②朱权（1378—1448）：明太祖朱元璋第十七子，神姿秀朗，慧心敏悟，精于义学，旁通释老，号大明奇士、臞仙、涵虚子。深得朱元璋宠信。

③芝城：今江西鄱阳，因城北有芝山，故名。

④鄱湖：鄱阳湖。

⑤黄金甲：金贵精美的装印斗的外套。雷霆印：具有雷霆那么大威力的印。

⑥红锦韬（tāo）：装符表的红丝套。缠：缠绕，这里是收藏的意思。日月符：能够驱动日月的符箓。

⑦鹤：仙鹤，传说中仙人的坐骑。

⑧双凫：《后汉书·王乔传》载，东汉明帝时王乔为叶县令，有神术，虽远离京师，却能够按时来朝。人见其每至必有双凫从东南飞来。后设网捕得一凫，原来是一只木鞋。

⑨神仙府：对张正常住所的美称。

⑩蟠（pán）桃：神话中的仙桃。

sòng máo bó wēn
送 毛伯温①

zhū hòu cōng
朱 厚 熜②

dà jiàng nán zhēng dǎn qì háo
大 将 南 征 胆 气 豪③，

yāo héng qiū shuǐ yàn líng dāo
腰 横 秋 水 雁 翎 刀④。

fēng chuī tuó gǔ shān hé dòng
风 吹 鼍 鼓 山 河 动⑤，

电闪旌旗日月高。
diàn shǎn jīng qí rì yuè gāo

天上麒麟原有种⑥，
tiān shàng qí lín yuán yǒu zhǒng

穴中蝼蚁岂能逃⑦。
xué zhōng lóu yǐ qǐ néng táo

太平待诏归来日⑧，
tài píng dài zhào guī lái rì

朕与先生解战袍⑨。
zhèn yǔ xiān shēng jiě zhàn páo

【注释】

①诗作于明世宗嘉靖十八年 (1539) 毛伯温出征前。嘉靖十五年 (1536)，安南 (今越南) 世孙黎宁派人向明世宗诉说莫登庸叛逆之事，十八年，毛伯温率兵征讨安南，次年进驻南宁。诗描绘出毛伯温的英雄气概，王师的声威浩荡，用麒麟和蝼蚁作比喻，形象地写出出师必胜的信心。毛伯温 (1487—1544)：字汝厉，吉水 (今江西境内) 人，正德进士，嘉靖间为兵部尚书兼右都御史，有《毛襄懋集》、《东塘诗集》。

②朱厚熜 (cōng, 1507—1566)：父为明宪宗朱见深第四子，明孝宗朱祐樘的胞弟，封兴王。明正德十六年 (1521年)，武宗朱厚照驾崩，无子。朱厚熜承统，为世宗皇帝，年号嘉靖，时年十四岁。朱厚熜迷信道教，祈求长生不老，竟长期不视朝政，由严嵩执掌大权，政治腐败，使国势日趋没落，政治和经济都出现深重危机。

③大将：毛伯温。南征：嘉靖十八年 (1539)，毛伯温率兵征讨安南，次年进驻南宁，兵不血刃而安南平定。

④秋水：形容宝刀如秋水般明亮。雁翎刀：形似雁翎的刀。

⑤鼍（tuó）鼓：鼍皮制成的鼓。鼍，扬子鳄。

⑥麒麟：古代传说中的一种瑞兽，这里指安南王族。

⑦蝼蚁：这里指安南叛军莫登庸部。

⑧待诏：待命。

⑨朕：皇帝朱厚熜自称。先秦时人可自称为"朕"，自秦始皇后"朕"成为帝王的自称。

卷三　五绝

chūn　mián
春　眠 ①

mèng hào rán
孟　浩然 ②

chūn mián bù jué xiǎo　　chù chù wén tí niǎo
春 眠 不 觉 晓 ③，处 处 闻 啼 鸟 ④。
yè lái fēng yǔ shēng　huā luò zhī duō shǎo
夜 来 风 雨 声，花 落 知 多 少。

【注释】

①诗题一作《春晚绝句》，又作《春晓》。诗以清切语言写春眠醒后对昨夜花事的关心，表达了诗人喜爱春天、怜惜春天的感情。孟浩然在写作上似乎借鉴了沈佺期《芳树》一诗："啼鸟弄花疏，游蜂饮香遍。叹息春风起，飘零君不见。"但画面更为明朗，惜春的感情表达得更为委婉含蓄。后来李清照的《如梦令》："昨夜雨疏风骤。浓睡不消残酒。试问卷帘人，却道海棠依旧。知否。知否。应是绿肥红瘦。"与其风神相类。

②孟浩然（689—740）：唐代著名诗人。襄州襄阳（今湖北襄樊）人，世称孟襄阳。诗歌以五言诗为主，多写山水田园和隐逸、行旅等内容，冲淡自然，继陶渊明、谢灵运、谢朓之后，开盛唐田园山水诗派之先声。

③眠：睡觉。不觉晓：不知不觉天亮了。

春眠不觉晓，处处闻啼鸟

④处处：到处。啼鸟：鸟叫声。

fǎng yuán shí yí bù yù
访 袁 拾 遗 不 遇①

mèng hào rán
孟 浩 然

luò yáng fǎng cái zǐ　　jiāng lǐng zuò liú rén
洛阳 访才 子②， 江岭 作流 人③。
wén shuō méi huā zǎo　　hé rú cǐ dì chūn
闻 说 梅 花 早， 何 如 此 地 春④。

【注释】

①诗题一作《洛中访袁拾遗不遇》。诗通过写富有才华的友人被贬南岭，含蓄而曲折地讽刺、批评了时政，流露出对友人的关心、怀念以及对其遭遇的痛惜。袁拾遗：袁瓘，洛阳人，诗人好友，曾任拾遗。

②才子：有才华的人，这里指袁瓘。

③江岭：大庾岭，位于今广东、江西交界处。流人：获罪流放之人，这里是说袁瓘因罪流放到岭外。

④何如：怎比得上。此地：一作"北地"，指洛阳。

sòng guō sī cāng
送 郭 司 仓①

wáng chāng líng
王 昌 龄②

yìng mén huái shuǐ lǜ　　liú jì zhǔ rén xīn
映 门 淮 水 绿③， 留 骑 主 人 心④。
míng yuè suí liáng yuàn　　chūn cháo yè yè shēn
明 月 随 良 掾⑤， 春 潮 夜 夜 深。

【注释】

①诗写春日送别友人，以淮水春潮为喻，委婉含蓄地抒发了对友人远行的依依不舍之情与无限思念。司仓：管理仓库的小官。

②王昌龄（694？—765？）：字少伯，京兆万年（今陕西西安）人，盛唐著名诗人。世称王江宁或王龙标。

③淮水：淮河，发源于河南桐柏山，流经安徽、江苏，注入长江。

④留骑：留客的意思。骑，坐骑。

⑤良掾（yuàn）：好官。掾，古代府、州、县属官的通称。

luò yáng dào
洛 阳 道 ①

chǔ guāng xī
储 光 羲 ②

dà dào zhí rú fà　　　chūn rì jiā qì duō
大 道 直 如 发 ③，春 日 佳 气 多 ④。

wǔ líng guì gōng zǐ　　　shuāng shuāng míng yù kē
五 陵 贵 公 子 ⑤，双 双 鸣 玉 珂 ⑥。

【注释】

①本诗是《洛阳道五首献吕四郎中》组诗的第三首。诗铺陈直叙，用白描手法传神地写出了京城贵游公子春日游赏的骄奢，流露出诗人的讽刺与愤激之情。洛阳道：汉横吹十八曲之一。

②储光羲（706—763）：唐代诗人。润州延陵（今江苏丹阳）人，一说祖籍兖州（今属山东）。诗以描写田园山水著名。风格朴实，能够寓细致缜密的观察于浑厚的气韵之中。

③大道直如发：语出鲍照《代陆平原君子有所思行》："层阁肃天居，驰道直如发。"

④佳气：温和晴暖的天气。

⑤五陵：长安附近，因汉代高祖、惠帝、景帝、武帝、昭帝五帝王葬于此，故名，附近多权贵所居。唐韦庄《忆昔》："昔年曾向五陵游，子夜歌清月满楼。"

⑥双双：言其成群结队。玉珂(kē)：马络头上的装饰物，多为玉制，也有用贝制的。

dú zuò jìng tíng shān
独 坐 敬 亭 山 ①

lǐ bái
李 白

zhòng niǎo gāo fēi jìn　　　gū yún dú qù xián
众 鸟 高 飞 尽 ②，　孤 云 独 去 闲 ③。
xiāng kàn liǎng bù yàn　　　zhǐ yǒu jìng tíng shān
相 看 两 不 厌 ④，　只 有 敬 亭 山 ⑤。

【注释】

①诗作于唐玄宗天宝十二载 (753) 秋，这一年，李白在长安对朝政极度失望，预感到将有动乱，遂离开长安，秋至宣城，第二次漫游宣城。诗将敬亭山人格化，写山与人的默默交流，寄托了诗人超脱现实追求内心平静的愿望，含蓄地表达了对社会现实的不满。敬亭山：一名昭亭山，在今安徽宣城北，东临皖溪，山顶有敬亭，为南齐谢朓吟咏处。

②高飞尽：群鸟高飞，消失在遥远的天际。

③孤云：片云。闲：悠闲。

④两不厌：山与诗人互不厌烦，情意相随，是拟人的手法。

⑤只有：一作"唯有"。

dēng guàn què lóu
登 鹳 鹊 楼 ①

wáng zhī huàn ②
王 之 涣

bái rì yī shān jìn　huáng hé rù hǎi liú
白 日 依 山 尽 , 黄 河 入 海 流 。
yù qióng qiān lǐ mù　gèng shàng yī céng lóu
欲 穷 千 里 目 ③ , 更 上 一 层 楼 ④ 。

【注释】

①诗写登鹳鹊楼的见闻感受,描绘了祖国壮丽山河,表现出诗人开阔的胸襟和积极进取的精神。鹳鹊楼:旧址在今山西永济浦州镇,楼有三层,面对中条山,下临黄河,是唐代河中府名胜,因常有鹳鹊栖息其上,故名。

②王之涣(688—742):盛唐著名诗人。字季陵,并州晋阳(今山西太原)人。其诗多被当时乐工制曲歌唱,名动一时。诗以描绘边塞风光著称。存诗仅六首,但艺术成就很高。

③穷:穷尽。千里:很远的地方。

④更:再。

guān yǒng lè gōng zhǔ rù fān
观 永 乐 公 主 入 蕃 ①

sūn tì ②
孙 逖

biān dì yīng huā shǎo　nián lái wèi jué xīn
边 地 莺 花 少 ③ , 年 来 未 觉 新 ④ 。
měi rén tiān shàng luò　lóng sài shǐ yīng chūn
美 人 天 上 落 ⑤ , 龙 塞 始 应 春 ⑥ 。

【注释】

①诗题一作《同洛阳李少府观永乐公主入蕃》。作于唐玄宗开元五年（717），唐玄宗将永乐公主嫁给当时来朝的契丹王李失活。诗用对比手法，写永乐公主到蕃地如同仙女降临，会带去无限生机，显示永乐公主的尊贵和人们的钦慕。永乐公主：唐玄宗时东平王的外孙女杨氏，开元五年（717）被封为永乐公主，嫁给当时来朝的契丹王李失活。入蕃：帝王宗室女子出嫁外藩。蕃，古代称少数民族为蕃，此指契丹。

②孙逖（tì，696？—761）：唐代诗人，河南洛阳人。幼而英俊，文思敏速。开元十年（722），应制登文藻宏丽科，拜左拾遗。历官考功员外郎、集贤修撰、权判刑部侍郎。孙逖掌诰八年，制敕所出，为时流叹服。尤善思，文理精练，加之谦退不伐，人多称之。以疾沉废累年，转太子詹事。

③莺花：莺啼花放，泛指春天景色。

④年来：新春到来时。

⑤美人：指永乐公主。

⑥龙塞：龙城，泛指边远地区。

春　怨①

金昌绪②

打起黄莺儿③，莫教枝上啼④。
啼时惊妾梦⑤，不得到辽西⑥。

【注释】

①诗构思与南朝乐府民歌《读曲歌》有异曲同工之妙："打杀长鸣鸡，弹去乌白鸟。愿得连冥不复曙，一年都一晓。"《读曲歌》写与所爱的人尽欢而希望长夜不明，而金昌绪诗歌中的思妇却是只能与丈夫在梦中相聚。诗通过写思妇追打啼鸟的痴憨，含蓄而淋漓尽致地表达出她对远戍边地的丈夫的深切思念。

②金昌绪：唐代诗人，今浙江杭州人，余不详，《全唐诗》存其诗一首。

③打起：赶走。

④莫教：不让。

⑤妾：谦辞，古代女子自称。

⑥辽西：辽河以西的地方，今辽宁中西部，是诗中思妇思念者滞留之地。

左掖梨花①
zuǒ yè lí huā

丘 为②
qiū wéi

冷艳全欺雪③，余香乍入衣④。
lěng yàn quán qī xuě　　yú xiāng zhà rù yī

春风且莫定⑤，吹向玉阶飞⑥。
chūn fēng qiě mò dìng　　chuī xiàng yù jiē fēi

【注释】

①诗以花喻人，写梨花的冷艳洁白，比喻自己品行高洁，表达了希望自己政治上一帆风顺的美好愿望。

②丘为（694？—784？）：嘉兴人。与刘长卿善，也与王维为友。诗

工五言,所写大多咏田园风物,为盛唐山水田园诗派的作者之一。

左掖(yè):唐代称门下省、中书省为左掖、右掖,两者都是当时的中央政权机构,设在禁官附近。

③冷艳:形容梨花洁白夺目,颜色如雪,气度高傲,似含有寒意。欺:压服,超过。

④乍:刚。

⑤定:停。

⑥玉阶:原指玉石砌成的台阶,这里暗指皇宫。

春风且莫定,吹向玉阶飞

sī jūn ēn

思君恩①

lìng hú chǔ
令狐楚②

xiǎo yuàn yīng gē xiē　　cháng mén dié wǔ duō
小苑莺歌歇③,长门蝶舞多④。
yǎn kàn chūn yòu qù　　cuì niǎn bù céng guò
眼看春又去,翠辇不曾过⑤。

【注释】

①这首宫怨诗通过描写宫妃望幸的失意,表现了宫女希望君王驾临的迫切与久盼不至的幽怨心情。君:帝王。

②令狐楚(766—837):字壳士,宜州华原(今陕西咸阳附近)人。才思俊丽,能文工诗,以四六文为世所称。晚年与刘禹锡、白居易

唱和较多。

③小苑：宫中小园林。歇：停止。

④长门：汉宫名，为汉代武帝皇后失宠后的冷宫。这里借指官妃幽居的住所。唐李白《长门怨》："月光欲到长门殿，长门灯暗数声来。"

⑤翠辇（niǎn）：皇帝的车驾，因车上常有翠鸟的羽毛作装饰，故称。过：经过。

tí yuán shì bié yè
题 袁 氏 别 业 ①

hè zhī zhāng ②
贺 知 章

zhǔ rén bù xiāng shí　　ǒu zuò wèi lín quán
主 人 不 相 识 ③，偶 坐 为 林 泉 ④。
mò màn chóu gū jiǔ　　náng zhōng zì yǒu qián
莫 谩 愁 沽 酒 ⑤，囊 中 自 有 钱 ⑥。

【注释】

①诗题一作《偶游主人园》。这首记游诗通过描写诗人为林泉而访问陌生人，表现了主客双方高雅的情趣，反映了诗人豪爽旷达的情怀。

②贺知章（659？—744？）：字季真，晚号四明狂客，会稽永兴（今浙江萧山）人。性放旷，善谈笑，当时贤达皆倾慕之。与张旭、包融、张若虚并称"吴中四士"。别业：别墅。

③主人：别墅主人。

④偶坐：偶然游览。为：为了。林泉：山林与泉石，指景物幽深的地方，也用来指退隐。

⑤谩（màn）：通“慢”，怠慢，轻视。沽（gū）：买。

⑥囊：袋。

yè sòng zhào zòng
夜 送 赵 纵①

yáng jiǒng②
杨 炯

zhào shì lián chéng bì　　　yóu lái tiān xià chuán
赵 氏 连 城 璧③，　由 来 天 下 传④。
sòng jūn huán jiù fǔ　　　míng yuè mǎn qián chuān
送 君 还 旧 府⑤，　明 月 满 前 川⑥。

【注释】

①这首赠别诗用和氏璧作喻，恰当贴切地称赞赵纵富于才具，品质高洁，前途无可限量，抒发了依依惜别之情。赵纵：诗人友人，赵（今河北一带）人。

②杨炯（650—692）：陕西华阴人，显庆四年（659）举为神童，待诏弘文馆。世称杨盈川。

③连城璧：价值连城的玉，比喻赵纵人才难得。《史记·廉颇蔺相如列传》载，赵惠文王得到楚和氏璧，秦昭王给赵王写信，愿意拿十五座城池来交换。

④由来：从来。

⑤还旧府：指赵纵回赵。

⑥川：平野，平地。

zhú lǐ guǎn
竹 里 馆 ①

wáng wéi
王 维

dú zuò yōu huáng lǐ　　tán qín fù cháng xiào
独 坐 幽 篁 里 ②，**弹 琴 复 长 啸** ③。
shēn lín rén bù zhī　　míng yuè lái xiāng zhào
深 林 人 不 知 ， 明 月 来 相 照 。

【注释】

①诗为《辋川集》之一。王维自唐玄宗天宝三载（744）至十五载（756）前后常居于辋川，作《辋川集》，期间与裴迪诗相往来。诗用白描手法，描绘出一个空明澄净、清幽绝俗的境界，抒发了诗人闲适自得、了无杂念的情愫。竹里馆：王维建在辋川的别馆。

②幽篁（huáng）：幽深的竹林。篁，竹林。

③复：又。长啸：撮口发出长而清晰的声音，古代雅士常借此抒情。

独坐幽篁里，弹琴复长啸

送朱大入秦①
sòng zhū dà rù qín

孟浩然
mèng hào rán

游人五陵去②，宝剑值千金③。
yóu rén wǔ líng qù, bǎo jiàn zhí qiān jīn

分手脱相赠④，平生一片心⑤。
fēn shǒu tuō xiāng zèng, píng shēng yī piàn xīn

【注释】

①诗人化用了战国时期吴季札以宝剑相赠友人的典故，表达了对友人的期许、勉励，并抒发了自己仕途的失意。朱大：诗人友人，生平事迹不详。

②游人：朱大。五陵：长安附近，当时豪侠多在此居住。

③值千金：价值千金，是夸张的手法，言其珍贵。

④分手：分别。脱：摘下。

⑤平生：平素，往常。

长干行①
cháng gān xíng

崔颢
cuī hào

君家何处住，妾住在横塘③。
jūn jiā hé chù zhù, qiè zhù zài héng táng

停船暂借问④，或恐是同乡⑤。
tíng chuán zàn jiè wèn, huò kǒng shì tóng xiāng

【注释】

①诗题一作《长干曲》，乐府杂曲歌词名。诗用白描的手法，以

对话的形式写出江上女子主动结识一陌生男子的大胆、天真与狡黠。一说是女子遇到同乡的羞涩与娇憨。长干：长干里，在今江苏南京秦淮河南，古时送别之地。

②君：敬称，您。首句用君，次句用妾，表现了女子对对方的尊敬与诚意。

③横塘：地名，在秦淮河南岸，靠近长干里。

④借问：请问。

⑤或恐：恐怕是。

yǒng   shǐ
咏 史①

gāo shì ②
高 适

shàng yǒu tì páo zèng   yīng lián fàn shū hán
尚 有 绨 袍 赠③， 应 怜 范 叔 寒④。
bù zhī tiān xià shì   yóu zuò bù yī kān
不 知 天 下 士⑤， 犹 作 布 衣 看⑥。

【注释】

①诗作于安史之乱前，诗人郁郁不得志的时期。这首诗借史咏怀，托古喻今，鞭挞了须贾的平庸，赞颂了范雎的美德，抒发自己郁郁不得志的苦闷。咏史：用诗写史、抒情。

②高适（701？—762）：字达夫，郡望渤海（今属河北），是唐代著名诗人，与李白、杜甫友善。高适诗题材广泛，感情深挚，意气骏爽，语言端直，笔力浑厚，是盛唐边塞诗风的杰出代表，与岑参齐名。

③绨（tí）袍：粗绨作的袍子。绨，丝织品。

④范叔：范雎，字叔。据《史记·范雎蔡泽列传》载，范雎曾是战

国时期魏国中大夫须贾的门客。须贾在魏王面前毁谤他，他挨打后被卷入竹席，扔进厕所。幸而被人救出，化名张禄，逃往秦国，不久为相。秦欲伐魏，须贾奉命使秦止兵，范雎破衣求见。须贾见他如此贫寒，就送他一件绨袍。当他发现范雎就是秦相张禄时，立即前往谢罪。范雎因为有绨袍之事，便没有杀他。

⑤天下士：这里指杰出人才。士，古代读书人的通称。

⑥犹：还。布衣：平民百姓。

罢 相 作 ①
bà xiàng zuò

李 适 之 ②
lǐ shì zhī

避 贤 初 罢 相 ③，乐 圣 且 衔 杯 ④。
bì xián chū bà xiàng　　lè shèng qiě xián bēi

为 问 门 前 客 ⑤，今 朝 几 个 来 。
wèi wèn mén qián kè　　jīn zhāo jǐ gè lái

【注释】

①诗用反语、双关、对比的修辞方法，写出心中的不平、世态炎凉和对趋炎附势者的鄙视。罢相作：罢免丞相职位后所作的诗歌。

②李适之（?—747）：一名昌，李唐宗室，恒山王李承乾之孙。据载，李适之喜欢与宾客宴饮，每次可以喝一斗多不醉。他夜晚饮酒，白天处理政事却不误工作。在杜甫《饮中八仙歌》中，李适之与贺知章、李琎、崔宗之、苏晋、李白、张旭、焦遂为饮中八仙，写李适之"左相日兴费万钱，饮如长鲸吸百川，衔杯乐圣称避贤"。

③避贤：让贤，让位于李林甫，是讽刺的手法。

④乐圣：爱酒。《三国志·魏书·徐邈传》载，当时魏国禁酒，徐邈

私饮，不理政事，称酒醉为"中圣人"，清酒为"圣人"，浊酒为"贤人"。

⑤为问：询问。门前客：以前任丞相时登门拜访的宾客。《唐诗纪事》卷二十载，诗人任丞相时，每上朝回来，就邀请亲朋好友宴饮赋诗，他曾写诗形容当时情况："主门常不闭，亲友恣相过。年今将半百，不乐夫如何？"

féng xiá zhě
逢 侠 者①

qián qǐ
钱 起

yān zhào bēi gē shì　　xiāng féng jù mèng jiā
燕 赵 悲 歌 士②，相 逢 剧 孟 家③。
cùn xīn yán bù jìn　　qián lù rì jiāng xié
寸 心 言 不 尽④，前 路 日 将 斜。

【注释】

①诗化用典故写在洛阳与一侠客相逢，一见倾心，匆匆作别，抒发了依依惜别的友情，流露了对豪侠生活的向往。侠者：侠客。

②燕赵：战国时的两个诸侯国，在现在的河北一带。悲歌士：激昂慷慨的侠士。古人认为燕赵多出豪侠，有"燕赵多慷慨悲歌之士"的说法。

③剧孟：西汉侠士，洛阳人。《史记》载，汉景帝时吴楚七国叛乱，当周亚夫到河南后，发现叛军没有与剧孟联盟，就很放心，断定叛军不能兴风作浪。唐李白《白马篇》："杀人如剪草，剧孟同遨游。"

④寸心：因心位于胸中方寸之地，故称。

江行望匡庐①
jiāng xíng wàng kuāng lú

qián qǐ
钱 起

咫尺愁风雨②，匡庐不可登③。
zhǐ chǐ chóu fēng yǔ   kuāng lú bù kě dēng

只疑云雾窟④，犹有六朝僧⑤。
zhǐ yí yún wù kū   yóu yǒu liù cháo sēng

【注释】

①《江行无题一百首》之一。诗作者一作钱起曾孙钱珝（xǔ）。诗紧扣"望"字，写庐山可望而不可即的怅惘，抒发了久经战乱的诗人对方外生活的向往。钱珝，字瑞文，吏部尚书徽之子。善文词。宰相王溥荐知制诰，进中书舍人，后贬抚州司马。有《舟中录》二十卷。

②咫（zhǐ）尺：比喻很近。咫，古代称八寸为咫。宋辛弃疾《游武夷作棹歌呈晦翁》："扁舟费尽篙师力，咫尺平澜上不来。"

③匡庐：庐山，在今江西九江南。据说此山原名为南障山，周朝匡俗曾在这里隐居，周定王征召不出，派人访求，已成仙而去，仅有庐存，后人称此山为庐山、匡山。庐，小屋。唐白居易《春游二林寺》："二月匡庐北，冰雪始消释。"

④云雾窟：云雾笼罩的山顶小屋。

⑤六朝：公元222—589年间，建都于建康（今江苏南京）的东吴、东晋、宋、齐、梁、陈六个朝代。六朝时佛教盛行。唐韦庄《金陵图》："江雨霏霏江草齐，六朝如梦鸟空啼。"

dá lǐ huàn
答李浣 ①

wéi yīng wù
韦应物

lín zhōng guān yì bà　　　　xī shàng duì ōu xián
林 中 观 易 罢 ②，　溪 上 对 鸥 闲 。
chǔ sú ráo cí kè　　　　hé rén zuì wǎng huán
楚 俗 饶 词 客 ③，　何 人 最 往 还 ④。

【注释】

①约作于唐代宗大历初 (766—771) 秋日洛阳。时李浣已罢洛阳主薄，将归楚州。唐代宗永泰元年 (765)，韦应物任洛阳丞，大历元年 (766)，请告闲居洛阳，大历四年 (769) 夏至长安，秋自长安返洛阳，经楚州去扬州，大历六年 (771) 在洛阳，冬赴长安。诗通过描写自己的生活和对友人的问讯，表现了内心的闲适，抒发了自己的高雅志趣和对友人的关切之情。李浣：诗人朋友，在楚地为官任满返回，曾写诗赠韦应物，所以韦应物写此诗酬答。

②易：《周易》，又称《易》、《易经》，儒家经典著作之一。

③楚：春秋战国时期诸侯国名，在今湖北一带。饶：多。词客：诗人。

④最往来：来往最多。

qiū fēng yǐn
秋 风 引 ①

liú yǔ xī
刘 禹 锡

hé chù qiū fēng zhì　　　　xiāo xiāo sòng yàn qún
何 处 秋 风 至 ②，　萧 萧 送 雁 群 。
zhāo lái rù tíng shù　　　　gū kè zuì xiān wén
朝 来 入 庭 树 ③，　孤 客 最 先 闻 ④。

【注释】

①秋风引：乐府琴曲歌词的一种。诗作于唐宪宗元和中朗州。唐顺宗永贞元年（805）十一月，刘禹锡贬官朗州司马，赴朗州。宪宗元和元年（806）至元和九年（814）在朗州，冬奉诏还京。诗描写了游子对秋季时序变迁、物候变化的敏感、细微的内心感触，抒发了诗人的羁旅之思。

②何处：什么地方，从什么地方来的。

③入庭树：吹动庭院的树木。

何处秋风至，萧萧送雁群

④孤客：羁旅在外的人。闻：听说。

qiū yè jì qiū yuán wài
秋夜寄丘员外①

wéi yīng wù
韦 应 物

huái jūn shǔ qiū yè   sàn bù yǒng liáng tiān
怀 君 属 秋 夜②， 散 步 咏 凉 天③。
shān kōng sōng zǐ luò   yōu rén yīng wèi mián
山 空 松 子 落， 幽 人 应 未 眠④。

【注释】

①诗题一作《秋夜寄丘二十二员外》。诗作于唐德宗贞元五年（789）至贞元七年（791），韦应物时任苏州刺史，丘丹隐居临平山，

两人多有唱和。一说作于唐德宗贞元五年秋 (789)。诗写秋夜怀念隐居的游人，设想友人也在深夜思念自己，抒发了对游人的真挚、深切的感情。丘员外：即丘丹，诗人丘为的弟弟，在家族中排行二十二，嘉兴 (今浙江嘉兴) 人，曾官仓部员外郎。

②怀君：怀念您。属：正当。

③咏：歌咏。凉天：秋天。

④幽人：隐士，此处指丘丹。

qiū rì
秋 日 ①

gěng wéi
耿 沣 ②

fǎn zhào rù lú xiàng
返 照 入 闾 巷 ③， yōu lái shuí gòng yǔ
忧 来 谁 共 语 ④。
gǔ dào shǎo rén xíng
古 道 少 人 行 ⑤， qiū fēng dòng hé shǔ
秋 风 动 禾 黍 ⑥。

【注释】

①诗歌通过描绘秋日城乡荒凉衰败的景象，表现了诗人的孤独寂寞，抒发了悯时伤乱的感情。

②耿沣 (wéi)：字洪源，河东 (今山西永济) 人。工诗，为"大历十才子"之一。耿沣诗不事雕琢，而风格自成一家。

③返照：夕阳余晖，落日斜照。闾 (lú) 巷：街道。

④忧来：一作"愁来"。

⑤古道：古老的道路。一说指古代崇尚的节操风义。

⑥禾黍 (shǔ)：谷子、小米之类农作物。这里暗用典故。《诗经·王风·黍离》载，周幽王遭犬戎之难后，周平王迁都洛邑，东周

大夫行役，经过宗庙宫室，满眼禾黍，大为感慨："彼黍离离，彼稷之苗。行迈靡靡，中心摇摇。知我者谓我心忧，不知我者谓我何求。"黍离之悲或禾黍之悲也就成了凭吊兴亡感慨的代名词。

秋 日 湖 上 ①
qiū rì hú shàng

薛 莹 ②
xuē yíng

落 日 五 湖 游 ③， 烟 波 处 处 愁 。
luò rì wǔ hú yóu　　yān bō chù chù chóu

浮 沉 千 古 事 ④， 谁 与 问 东 流 。
fú chén qiān gǔ shì　　shuí yǔ wèn dōng liú

【注释】

①诗描绘太湖的满目苍茫，诗人借此发思古之幽情，表现出对世事无常的厌倦，对日益衰败的唐帝国的伤感。

②薛莹：唐文宗时人，有《洞庭诗集》一卷。今存诗十首。

③五湖：这里指太湖。

④浮沉：胜败兴亡。太湖一带是战国时期吴、越争霸的地方，后又有六朝争雄。

宫 中 题 ①
gōng zhōng tí

李 昂 ②
lǐ áng

辇 路 生 秋 草 ③， 上 林 花 满 枝 ④。
niǎn lù shēng qiū cǎo　　shàng lín huā mǎn zhī

凭 高 何 限 意， 无 复 侍 臣 知 。
píng gāo hé xiàn yì　　wú fù shì chén zhī

【注释】

①诗作于唐文宗太和九年(835)秋。李昂即位后,力图改变宦官专权的局面,在太和九年(835)与翰林学士李训、太仆卿郑注谋诛宦官,事败,李、郑、宰相王涯被诛,史称"甘露之变"。此后宦官更加专权跋扈,文宗心中异常苦闷,这首诗便是这种心境的写照。诗歌以平淡朴素的语言,抒发诗人沉重而忧郁的情愫,反映了一位有所作为而惨遭囚禁的年轻君王的沮丧与无奈。

②李昂(809—840):唐文宗,为穆宗第二子,初名涵。始封江王,宝历二年(826)被宦官拥立为帝。出宫女三千多人,裁汰官员一千二百余人。开成五年(840),被宦官杀死在大明宫太和殿,好作五言诗,古调清峻,常欲置诗博士。又曾经与宰相论诗之工拙。

③辇(niǎn)路:辇道,宫中专供帝王车驾行走的道路。

④上林:古代宫苑,秦定都咸阳时置,汉初荒废,汉武帝时扩建,周围二百多里,故址在今陕西西安西至周至、户县界,这里借指唐禁内花园。

xún yǐn zhě bù yù
寻 隐 者 不 遇 ①

jiǎ dǎo
贾 岛

sōng xià wèn tóng zǐ　　　yán shī cǎi yào qù
松 下 问 童 子 ②，言 师 采 药 去。
zhǐ zài cǐ shān zhōng　　yún shēn bù zhī chù
只 在 此 山 中， 云 深 不 知 处 ③。

【注释】

①诗歌用设问、反问等修辞手法和对话的形式,写出拜访隐士

不遇的情形，同时描绘出隐士所在的幽深广阔的环境，衬托出隐士的高雅志趣。寻：寻访。隐者：隐居的人。不遇：没有见到。

②童子：隐者的童仆。

③不知处：不知道在什么地方。

fén shàng jīng qiū
汾 上 惊 秋 ①

sū tǐng
苏 颋 ②

běi fēng chuī bái yún　　wàn lǐ dù hé fén
北 风 吹 白 云 ， 万 里 渡 河 汾 ③ 。
xīn xù féng yáo luò　　qiū shēng bù kě wén
心 绪 逢 摇 落 ④ ， 秋 声 不 可 闻 ⑤ 。

【注释】

①诗歌借景抒怀，情景相生，风格雄健而意境苍凉，抒发了诗人悲秋之情与羁旅之思。汾上：汾河上。汾河，又称汾水，在今山西南部。

②苏颋（tǐng，670—727）：字廷硕，京兆武功（今属陕西）人。诗骨力高峻，韵味深醇，情景声华俱佳。有《苏许公集》。

③河汾：汾河，这里是指汾河流入黄河的入河口。河，黄河。

④心绪：心境，心情。摇落：凋残，零落，喻指秋天。三国魏曹丕《燕歌行》："秋风萧瑟天气凉，草木摇落露为霜。"

⑤不可闻：不忍听。

shǔ dào hòu qī
蜀道后期 ①

zhāng yuè ②
张 说

kè xīn zhēng rì yuè　　　lái wǎng yù qī chéng
客 心 争 日 月 ③, 来 往 预 期 程 ④。

qiū fēng bù xiāng dài　　　xiān zhì luò yáng chéng
秋 风 不 相 待 ⑤, 先 至 洛 阳 城 。

【注释】

①诗歌用拟人的手法，通过对秋风的轻轻责备，写出游子归心似箭的心情以及误期的懊恼。后期：失期，晚于预定的时间。

②张说（667—730）：唐代文学家，字道济，一字说之。原籍范阳（今河北涿县），世居河东（今山西永济），徙家洛阳。

③客心：客居他乡的人的心情。争日月：争夺时间，抢时间。

④预期程：预先设计路途所需时间。

⑤不相待：不肯等待。

jìng yè sī
静夜思 ①

lǐ bái
李 白

chuáng qián míng yuè guāng　yí shì dì shàng shuāng
床 前 明 月 光, 疑 是 地 上 霜 ②。

jǔ tóu wàng míng yuè　　　dī tóu sī gù xiāng
举 头 望 明 月 ③, 低 头 思 故 乡 。

【注释】

①诗歌用极其简练、清浅的语言，含蓄有致地从时间、环境、氛围、人物的细微动作等方面写尽了游子思乡。静夜思：指在幽静的夜晚对家乡的思念。

②疑：疑心，怀疑是。

③望：一作"看"。

举头望明月，低头思故乡

qiū pǔ gē
秋 浦 歌①

lǐ bái
李 白

bái fà sān qiān zhàng　yuán chóu sì　gè cháng
白 发 三 千 丈，缘 愁 似 个 长②。
bù zhī míng jìng lǐ　hé chù dé qiū shuāng
不 知 明 镜 里，何 处 得 秋 霜③。

【注释】

①《秋浦歌》共十七首，作于唐玄宗天宝三载（744），这是第十五首。诗歌用自问自答的形式、极度夸张的手法抒发了诗人壮志未酬的苦闷心情。秋浦：唐时县名，在今安徽贵池县西，境内有秋浦湖。

②缘：因为。个：这样。

③何处：何时。秋霜：形容头发像秋霜一样白。元魏初《鹧鸪天·室人降日以此奉寄》词："一春心事闲无处，两鬓秋霜细有华。"

zèng qiáo shì yù
赠 乔 侍 御①

chén zǐ áng
陈 子 昂②

hàn tíng róng qiǎo huàn　　yún gé bó biān gōng
汉 廷 荣 巧 宦③，云 阁 薄 边 功④。
kě lián cōng mǎ shǐ　　bái shǒu wèi shuí xióng
可 怜 骢 马 使⑤，白 首 为 谁 雄⑥。

【注释】

①诗题一作《题祀山烽树赠乔十二侍御》。诗歌借古喻今，借汉代桓典之事，抒发了对唐朝不重视贤良、赏罚不公的不满和愤激，表达了对乔侍郎怀才不遇的深切同情。乔侍御：即诗人乔知之，时任御史。

②陈子昂（661—702）：字伯玉，梓州射洪（今四川）人。因曾任右拾遗，后世称为陈拾遗。诗歌反对齐梁风气，推崇汉魏风骨，是唐朝诗风转变的关键人物之一。

③汉廷：这里借指唐朝。巧宦：善于钻营的官员。

④云阁：云台、麒麟阁，汉代悬挂名将功臣图像的地方。薄：轻视。

⑤可怜：可叹。骢（cōng）马使：汉桓典为御史，有威名，常骑骢马，人称骢马御史，这里借指戍守边地的将领。

⑥为谁雄：为谁而称雄，意思是说，一片雄心无法舒展。

dá wǔ líng tài shǒu
答武陵太守①

wáng chāng líng
王　昌　龄

zhàng jiàn xíng qiān lǐ　　　wēi qū gǎn yī yán
仗　剑　行　千　里②，　微　躯　敢　一　言③。
céng wéi dà liáng kè　　　bù fù xìn líng ēn
曾　为　大　梁　客④，　不　负　信　陵　恩⑤。

【注释】

①诗题一作《答武陵田太守》。诗歌将武陵田太守比作战国时代的魏公子，将自己比作魏公子门下食客，委婉地表达了自己的敬意和知恩图报的思想。武陵：武陵郡，在今湖南常德。太守：唐代郡的最高行政长官。

②仗剑：持剑，拿着剑。

③微躯：谦辞，微贱的躯体，诗人自称。唐张九龄《奉使自蓝田玉山行》："通籍微躯幸，归途明主恩。"

④大梁客：战国时魏国侠士侯嬴，原来是看守大梁（魏都，今河南省开封市）东门的官吏，后受信陵君魏公子无忌的赏识，待为上宾。后秦兵围赵，赵向魏求救，魏王按兵不动。侯嬴为无忌谋划窃取兵符救赵，解得其围。这里诗人以侯嬴自许，暗喻自己知恩必报，不辜负武陵太守之恩。宋王安石《过刘贡甫》："去年约子游山陂，今者仍为大梁客。"

⑤信陵：信陵君魏公子无忌，这里将武陵太守比作信陵君。唐李白《侠客行》："闲过信陵饮，脱剑膝前横。"

行军九日思长安故园①
xíng jūn jiǔ rì sī cháng ān gù yuán

岑参
cén shēn

强欲登高去②，无人送酒来③。
qiǎng yù dēng gāo qù　wú rén sòng jiǔ lái

遥怜故园菊④，应傍战场开⑤。
yáo lián gù yuán jú　yīng bàng zhàn chǎng kāi

【注释】

①诗作于至德二年（757）农历九月九日重阳节。天宝十五载（756），安禄山攻陷长安。七月，李亨在灵武即位，改元至德。至德二载二月，肃宗李亨由灵武进至凤翔。六月，诗人由杜甫等举荐，任右补缺谏官。诗歌通过描写重阳节的无绪，抒发了对长安的思念和对国都沦陷的忧虑以及内心的无限沉痛。九日：九月九日重阳节。

②强欲：勉强要。登高：旧时风俗，重阳节携亲友登高、饮酒、赏菊。

③送酒：暗用陶渊明的事。《南史·陶渊明传》载，陶渊明素喜饮酒，家贫，重阳无酒，空坐菊花丛中。太守王弘知道后，叫人给他送酒。

④怜：怜惜。

⑤应傍：应该挨着。

婕妤怨①
jié yú yuàn

皇甫冉②
huáng fǔ rǎn

花枝出建章③，凤管发昭阳④。
huā zhī chū jiàn zhāng　fèng guǎn fā zhāo yáng

借问承恩者⑤，双蛾几许长⑥。
jiè wèn chéng ēn zhě　shuāng é jǐ xǔ cháng

【注释】

①这首咏史诗借汉代婕妤的哀怨，表现了失宠宫女的哀怨，批判了君恩不公的社会现实，抒发了诗人怀才不遇的愤懑。婕妤（jiē yú）怨：乐府旧题。婕妤，妃嫔的称号，汉成帝妃子班婕妤，失宠后曾写有《怨歌行》（又作《怨诗》）抒写其苦闷与忧愤。

②皇甫冉（718？—767）：字茂政，晋代高士皇甫谧之后裔，润州丹阳（今江苏丹阳）人，著名诗人，"大历十才子"之一。五七律诗风格清丽，为人所重。

③花枝：美人，指得宠的嫔妃。出：出现，显露。建章：汉宫殿名，在未央宫西。

④凤管：笙箫或笙箫之乐的美称。《洞冥记》："（汉武帝）见双白鹄集台之上，倏忽变为二神女舞于台，握凤管之箫。"昭阳：汉宫名，在未央宫中。

⑤承恩：受皇帝宠爱。

⑥双蛾：古代称女子眉毛为蛾眉，并以眉毛细长为美。

tí zhú lín sì
题 竹 林 寺 ①

zhū fàng
朱 放 ②

suì yuè rén jiān cù　　yān xiá cǐ dì duō
岁 月 人 间 促 ③，　烟 霞 此 地 多 ④。
yīn qín zhú lín sì　　gèng dé jǐ huí guò
殷 勤 竹 林 寺 ⑤，　更 得 几 回 过 ⑥。

【注释】

①诗歌借景抒怀，借对竹林寺的留恋，委婉含蓄地抒发了思古之

幽情和对竹林七贤等古代隐士生活方式的向往，流露出对社会现实的不满。竹林寺：寺名，在庐山仙人洞旁，为晋代竹林七贤游赏之处。一说是江苏丹徒的竹林寺。

②朱放（？—788？）：字长通，襄州襄阳（今湖北襄樊）人。工诗，风度清越，神情萧散，有诗名。

③岁月：时光。促：短促，短暂。

④烟霞：山水景物。

⑤殷勤：亲切，流连眷恋之情。

⑥更得：再得，再能够。

sān lú miào
三闾庙 ①

dài shū lún ②
戴 叔 伦 ②

yuán xiāng liú bù jìn　　　qū zǐ yuàn hé shēn
沅 湘 流 不 尽 ③，屈 子 怨 何 深 ④。
rì mù qiū fēng qǐ　　　xiāo xiāo fēng shù lín
日 暮 秋 风 起，萧 萧 枫 树 林。

【注释】

①诗歌以深沉凄婉的笔调，描写屈原庙冷落凄凉的景象，抒发了对屈原怀才不遇、忠而见谗的不幸遭遇的深切同情。三闾庙：屈原庙，故址在今湖南汨罗境内。屈原是战国时楚人，曾官左徒、三闾大夫等，三闾即楚宗室昭、屈、景三姓聚居之所，三闾大夫应当就是春秋、战国以来晋、鲁等国的公族大夫，职务是管理宗族事务，教育贵族子弟，汉代的宗正与之相当。屈原因受谗被流放沅湘一带，自沉于汨罗江。

②戴叔伦（732—789）：唐代诗人。字幼公，一字次公。一说名

融，字叔伦。润州金坛（今属江苏）人。戴叔伦为"大历十才子"之一，作品以反映农村生活见长，大多采取七言歌行的形式，是白居易新乐府体的先声。

③沅、湘：湖南的沅江、湘江。

④屈子：屈原。怨：哀怨，悲怨。何深：何其深。

yì shuǐ sòng bié
易水送别①

luò bīn wáng
骆宾王②

cǐ dì bié yān dān　　　zhuàng shì fà chōng guān
此地别燕丹③，壮士发冲冠④。
xī shí rén yǐ mò　　jīn rì shuǐ yóu hán
昔时人已没，今日水犹寒。

此地别燕丹，壮士发冲冠

【注释】

①诗题一作《于易水送人》。作于唐高宗仪凤四年秋（679），骆宾王出狱后离开长安奔赴定襄（今山西）时。一说作于唐高宗开耀元年（681）诗人出使燕齐时。此诗借荆轲易水别燕丹的史实，抒发了诗人易水别友人的无限凄楚以及古今同悲的深沉感慨。易水：水名，发源于河北易县。

②骆宾王（638？—685？）：

字观光，婺州义乌（今属浙江）人，唐代诗人，与王勃、杨炯、卢照邻为
"初唐四杰"，又与富嘉谟并称富骆。

③燕丹：燕太子丹。

④壮士：指荆轲。《战国策·燕策三》载：荆轲替燕太子丹刺杀秦
王，出发前"太子及宾客知其事者皆白衣冠以送之，至易水上，既祖
取道，高渐离击筑，荆轲和而歌。为变徵之声，士皆垂泪涕泣。又前而
为歌曰：'风萧萧兮易水寒，壮士一去兮不复还。'复为慷慨羽声，士
皆瞋目，发尽上指冠。"发冲冠：愤怒得头发直竖，将帽子顶起来。

bié lú qín qīng
别 卢 秦 卿 ①

sī kōng shǔ ②
司 空 曙

zhī yǒu qián qī zài　　　nán fēn cǐ yè zhōng
知 有 前 期 在 ③，难 分 此 夜 中 。
wú jiāng gù rén jiǔ　　　bù jí shí yóu fēng
无 将 故 人 酒 ④，不 及 石 尤 风 ⑤。

【注释】

①诗题一作《留卢秦卿》。诗用比喻、拟人、对比等修辞手法写
自己殷勤留客，抒发了依依不舍的深情厚谊。

②司空曙（720? —790?）：字文明，一说字文初，广平（今河北
永年）人，唐代诗人，"大历十才子"之一，又是同为"大历十才子"的
卢纶的表兄。屡次赴试，后登进士第。官至虞部郎中。司空曙磊落有
奇才，在长安曾与卢纶、独孤及和钱起吟咏唱和。其诗多赠别、羁旅
之作，善于表现异乡流落之感和穷愁失意之情，诗风"婉雅闲淡，语
近性情"（《唐音癸签》卷七），意蕴深长。有《司空曙诗集》二卷。

《全唐诗》录其诗二卷。

　　③前期：前约，约定以后见面的时间。

　　④无将：莫使，不要用。故人：老朋友。

　　⑤石尤风：逆风。《江湖纪闻》载，一位姓石的女子嫁给一位尤姓商人，丈夫在外经商，一直没有回家。妻子忧郁成疾，临终前叹息道：没有阻止他出去，真是终生遗憾啊！今后要有商船远行的话，我都会化为大风阻止它。

dá　　rén
答　人①

tài shàng yǐn zhě
太　上　隐　者②

ǒu　lái sōng shù xià
偶　来　松　树　下，

gāo zhěn shí tóu mián
高　枕　石　头　眠。

shān zhōng wú　lì　rì
山　中　无　历　日③，

hán jìn bù zhī nián
寒　尽　不　知　年。

【注释】

　　①诗歌描写了一位无忧无虑的山中隐士远离尘世烦扰的悠闲舒适生活，含蓄地抒发了对社会现实的不满。答人：回答别人的问话。据说人们对一位追求闲适恬淡生活的隐者好奇，就当面问他的姓名，他笑而不答，写了这首诗作为回答。太上：太古、远古时代，相传那时人们生活在一个理想社会中。

　　③历：日历。

卷四　五律

xìng shǔ huí zhì jiàn mén
幸蜀回至剑门①

lǐ lóng jī②
李 隆 基②

jiàn gé héng yún jùn
剑阁横云峻③，
luán yú chū shòu huí
銮舆出狩回④。

cuì píng qiān rèn hé
翠屏千仞合⑤，
dān zhàng wǔ dīng kāi
丹嶂五丁开⑥。

guàn mù yíng qí zhuǎn
灌木萦旗转⑦，
xiān yún fú mǎ lái
仙云拂马来。

chéng shí fāng zài dé
乘时方在德⑧，
jiē ěr lè míng cái
嗟尔勒铭才⑨。

【注释】

①诗作于唐肃宗至德二年（757）。唐玄宗天宝十四载（755），安史之乱爆发。天宝十五载，唐玄宗入蜀避难，太子李亨在灵武即位。次年，李亨迎玄宗回京，车驾到剑门，玄宗作此诗。诗歌联系神话传说写剑门的险峻，进而提出治国之道在于德政而不能依靠地势的险峻，反映了诗人乱后对治国方略的反思。幸蜀：到达四川，指安史之乱中到四川避难，是委婉的说法。幸，古代称帝王到某处为幸。蜀，四川。剑门：剑门关，又名剑阁，在今四川剑阁东北，得名于剑门山，是大剑山和小剑山之间的栈道，三国时诸葛亮所建，关口险峻，有"一夫当关，万夫莫开"之说。

②李隆基（685—762）：即唐玄宗，是睿宗李旦第三子。多才多艺，精通音律，工书法。《全唐诗》存诗一卷。

③横云峻：形容剑门关极高，横过云层。峻，高峻。

④銮（luán）舆：皇帝的车驾。出狩：皇帝离开京师到外地巡守，又称作巡守，这里是李隆基对自己出逃的一种委婉说法。

⑤翠屏：绿色的屏风。千仞：形容山势高峻。仞，古代长度单位，一仞约为现在的八尺。

⑥丹嶂：赤红色的像屏障一样直立的陡峭山崖。五丁：典出《水经注·沔水》："秦惠王欲伐蜀而不知道，作五石牛，以金置尾下，言能屎金，蜀王负力，令五丁引之成道。"五丁后喻指功勋卓著的功臣名将。

⑦萦：绕。

⑧乘时方在德：《史记》中吴起说魏国的宝"在德不在险"。乘时，顺应时势。

⑨嗟尔：赞叹你们。一说"尔"指张载。勒铭才：称赞随侍大臣们有张载一样的才华。张载，字孟阳，占籍安平武邑（今河北武邑县），晋代人。曾任佐著作郎，官至中书侍郎。因逢乱世，无意继续为官，辞归故里。张载高雅博学，与弟张协、张亢俱有文名，世称"三张"。明人辑其平生著作为《张孟阳集》。张载有《剑阁铭》，其中有"兴实在德，险亦难恃"。勒铭，刻石记功。

和晋陵陆丞早春游望①
hè jìn líng lù chéng zǎo chūn yóu wàng

杜审言②
dù shěn yán

独有宦游人③，偏惊物候新④。
dú yǒu huàn yóu rén　piān jīng wù hòu xīn

云霞出海曙⑤，梅柳渡江春。
yún xiá chū hǎi shǔ　méi liǔ dù jiāng chūn

淑气催黄鸟⑥，晴光转绿蘋⑦。
shū qì cuī huáng niǎo　qíng guāng zhuǎn lǜ mí

忽闻歌古调⑧，归思欲沾巾。
hū wén gē gǔ diào　guī sī yù zhān jīn

【注释】

①诗题一作《和晋陵陆丞相早春游望》，陆丞即陆元方，武后时曾任宰相。陆有《早春游望》，杜审言就写了这首和作。诗以清丽的语言描绘出江南明媚的春景，表现了宦游在外的人对物候变化的敏锐感受，抒发了诗人深切的思乡之情，同时称颂了陆丞诗格调高古，富于艺术感染力。晋陵：县名，昆陵郡治所，在今江苏常州。

②杜审言（648？—708）：字必简，祖籍襄州襄阳（今属湖北），父亲迁居巩县（今属河南），晋征南将军杜预的远裔。他的诗以浑厚见长，精于律诗，尤工五律，与同时的沈佺期、宋之问齐名。他对律诗的定型做出了杰出的贡献，由此也奠定了他在诗歌发展史中的地位。

③宦游：在外做官的人。

④偏：特别。物候：自然界显出季节变化的现象。

⑤曙：曙光。

⑥淑气：温暖的气候。

⑦晴光：晴朗的阳光。蘋：浮萍，蕨类植物，多年生水草，又名田字草。这里化用江淹《咏梅人春游》"江南二月春，东风转绿萍"句意。

⑧古调：古时传统曲调，这里指陆丞的《早春游望》。

蓬莱三殿侍宴奉敕咏终南山^①

杜审言

北斗挂城边^②，　南山倚殿前^③。
云标金阙迥^④，　树杪玉堂悬^⑤。

bàn lǐng tōng jiā qì
半岭通佳气⑥，

zhōng fēng rào ruì yān
中峰绕瑞烟。

xiǎo chén chí xiàn shòu
小臣持献寿⑦，

cháng cǐ dài yáo tiān
长此戴尧天⑧。

【注释】

①诗作于唐中宗景龙三年（709）十一月十五日，时中宗诞辰，长宁公主满月，中宗在蓬莱三殿赐宴群臣，杜审言奉命而作，当时李峤的应制诗有"神龙见象日，仙凤养雏年"句。诗以终南山为比较对象，写其祥云笼罩，然而比终南山更为高峻的却是皇官，即使是北斗星也没有它高远，显示出皇官的雄伟壮丽，同时表达了诗人愿世代昌宁如同帝尧时代的美好愿望。蓬莱三殿：唐大明官内麟德殿，《长安志》载："西北有麟德殿，此殿三面，南有阁……凡内宴多于此殿。"奉敕（chì）：奉皇帝之命写诗。终南山：在今陕西西安南。

②北斗：北斗星。

③南山：终南山。

④云标：云端。明陈可中《上谷秋日杂书四首》诗："列壁凤鸣汉帜摇，居庸天迥锁云标。"金阙：皇官，指其富丽堂皇。迥（jiǒng）：高远。

⑤树杪（miǎo）：树梢。玉堂：本为汉代官殿，这里泛指官殿。晋孙绰《游天台山赋》："朱阁玲珑于林间，玉堂高映于高隅。"

⑥半岭：半山腰。

⑦小臣：诗人自称。持：持酒。献寿：祝寿。

⑧戴：头顶着，引申为生活在什么情况下。尧天：如同尧帝时代一样的太平盛世。语出《论语·泰伯》："唯天为大，唯尧则之。"

chūn yè bié yǒu rén
春 夜 别 友 人 ①

chén zǐ áng
陈 子 昂

yín zhú tǔ qīng yān
银 烛 吐 清 烟 ②，

jīn zūn duì qǐ yán
金 尊 对 绮 筵 ③。

lí táng sī qín sè
离 堂 思 琴 瑟 ④，

bié lù rào shān chuān
别 路 绕 山 川 ⑤。

míng yuè yǐn gāo shù
明 月 隐 高 树，

cháng hé mò xiǎo tiān
长 河 没 晓 天 ⑥。

yōu yōu luò yáng qù
悠 悠 洛 阳 去 ⑦，

cǐ huì zài hé nián
此 会 在 何 年 ⑧。

【注释】

①诗作于武则天垂拱四年（688）前后，诗人准备离开故乡，前往洛阳，友人张筵为他饯行，陈子昂赠诗二首，本诗为第一首。一说作于中宗文明元年（684），诗人离蜀赴洛阳应试。诗借景抒怀，按照由内到外的次序描绘一个即将远行的人眼中所见，抒发了诗人即将与友人分别的依依不舍，设想离别后路途的迢递，更增加了分别时的惆怅，并表达了对重逢的期待。

②银烛：白色蜡烛。

明月隐高树，长河没晓天

③金尊：酒尊的美称，精美的酒杯。绮筵（qǐ yán）：丰盛的宴席。

④离堂：设宴饯别的客厅。琴瑟：指朋友宴饮之乐，典出《诗经·小雅·鹿鸣》："我有嘉宾，鼓琴鼓瑟。"

⑤别路：朋友分别后踏上的路程。

⑥长河：银河。

⑦悠悠：遥远，漫长。

⑧此会：这样的聚会。

cháng níng gōng zhǔ dōng zhuāng shì yàn
长 宁 公 主 东 庄 侍宴①

lǐ qiáo
李峤②

别业临青甸③，　鸣銮降紫霄④。
bié yè lín qīng diàn　　míng luán jiàng zǐ xiāo

长筵鹓鹭集⑤，　仙管凤凰调⑥。
cháng yán wǎn lù jí　　xiān guǎn fèng huáng diào

树接南山近⑦，　烟含北渚遥⑧。
shù jiē nán shān jìn　　yān hán běi zhǔ yáo

承恩咸已醉⑨，　恋赏未还镳⑩。
chéng ēn xián yǐ zuì　　liàn shǎng wèi huán biāo

【注释】

①诗作于唐中宗景龙四年（710）四月一日，中宗幸长宁公主庄园，诗人奉命而作。这首应制诗，写诗人随驾到长宁公主东庄别墅宴会上的见闻感受，极尽铺张颂扬之能事。诗一开始就把皇帝车骑到东庄比作是从天而降，将宴会音乐比为仙乐，宴会之盛大非凡，也就不言而喻。三联描绘东庄景色气象阔大，南山渭水尽收眼底，尾联说明

皇帝车驾流连忘返的原因。

②李峤（644—713）：字巨山，赵州赞皇（今河北赞皇）人。诗多咏物之作，与苏味道合称苏李，又与苏味道、崔融、杜审言并称"文章四友"。晚年被尊为文章宿老。

③青甸：青色的郊原。

④銮（luán）：皇帝车驾上用的铃。紫霄：本指天，此指皇宫。

⑤长筵：长排的宴席。鹓（wǎn）鹭：本为两种鸟名，因为飞行有序，所以用来比喻百官朝见皇帝时秩序井然。

⑥仙管：管乐的美称。凤凰调：形容音调优美，像凤凰鸣叫。

⑦南山：终南山。

⑧渚（zhǔ）：水中陆地。

⑨承恩：蒙受恩典。咸：全、都。

⑩恋赏：流连玩赏。还镳（biāo）：返回。镳，马嚼子，这里代指马。

ēn cì lì zhèng diàn shū yuàn cì yàn yìng zhì dé lín zì
恩赐丽正殿书院赐宴应制得林字①

zhāng yuè
张　说

dōng bì tú shū fǔ　　　　xī yuán hàn mò lín
东壁图书府②，　西园翰墨林③。

sòng shī wén guó zhèng　　jiǎng yì jiàn tiān xīn
诵诗闻国政④，　讲易见天心⑤。

wèi qiè hé gēng zhòng　　ēn dāo zuì jiǔ shēn
位窃和羹重⑥，　恩叨醉酒深。

zài gē chūn xìng qǔ　　qíng jié wèi zhī yīn
载歌春兴曲⑦，　情竭为知音⑧。

【注释】

①唐玄宗开元十三年（725）建丽正殿书院，命张说为书院使，执掌儒臣讲读经史诸事。张说在宴席上，奉唐玄宗之命作诗，得"林"字韵。诗歌通过写丽正殿书院结构、作用，抒发了自己作为宰相监管书院的欣喜与感激，表达了自己将不辜负皇帝的厚爱竭力而为的决心。丽正殿书院：即丽正书院，唐玄宗开元十三年（725）建，是帝王读书的地方。制：古代称皇帝的命令为制。得林字：押林字韵。

②东壁：二十八星宿之一，由飞马座和仙女座组成，古人认为它是掌管天上文章图书的秘府，后世称皇家藏书秘府为东壁。

③西园：三国时魏国园林，曹丕、曹植与建安七子等文人多在此筵集赋诗，后世称为西园雅集。翰墨：笔墨，这里指文人雅士。

④诗：《诗经》。闻：从中听到。国政：国家政事，治国道理。

⑤易：《易经》。天心：天意。

⑥位窃：诗人自谦的说法，居官。和羹：调和羹汤，比喻宰相辅佐皇帝理政。

⑦载：乃，就。春兴曲：充满春意的曲子，指本诗。

⑧情竭：尽情。知音：知己，知遇，这里指唐玄宗。

sòng yǒu rén
送 友 人①

lǐ bái
李 白

qīng shān héng běi guō　　　bái shuǐ rào dōng chéng
青 山 横 北 郭②，白 水 绕 东 城③。

cǐ dì yī wéi bié　　　gū péng wàn lǐ zhēng
此 地 一 为 别 ，孤 蓬 万 里 征④。

fú yún yóu zǐ yì⑤　　 luò rì gù rén qíng⑥
浮 云 游 子 意 ⑤ ，落 日 故 人 情 ⑥ 。
huī shǒu zì zī qù⑦　　 xiāo　 bān mǎ míng⑧
挥 手 自 兹 去 ⑦ ，萧 萧 班 马 鸣 ⑧ 。

【注释】

①诗作于唐玄宗天宝末年（约754年），李白在安徽宣城与游人赠别。一说作于唐玄宗开元二十六年（738），李白漫游江淮。诗歌以孤蓬、浮云作比喻，形象地写出了游子的孤苦无依、飘浮不定，以落日为喻，生动地写出诗人对友人依依惜别的深情，班马长嘶，进一步渲染了离愁别绪。

②郭：外城，古人称城外为郭，郭外为郊，郊外为野。

③白水：清澈的河水。

④蓬：蓬草，又名飞蓬，枯后根断，遇风飞旋，多用来比喻漂泊在外的旅人。

⑤游子：旅居他乡的人。

⑥故人：老朋友，指诗人自己。

⑦兹：此。

⑧萧萧：马鸣声。班马：离群的马，此指离别的马。班，别。

挥手自兹去，萧萧班马鸣

送 友人 入蜀 ①

sòng yǒu rén rù shǔ

lǐ bái
李 白

见 说 蚕 丛 路 ②， 崎 岖 不 易 行 ③。
jiàn shuō cán cóng lù　　　qí qū bù yì xíng

山 从 人 面 起， 云 傍 马 头 生。
shān cóng rén miàn qǐ　　　yún bàng mǎ tóu shēng

芳 树 笼 秦 栈 ④， 春 流 绕 蜀 城。
fāng shù lǒng qín zhàn　　　chūn liú rào shǔ chéng

升 沉 应 已 定 ⑤， 不 必 问 君 平 ⑥。
shēng chén yīng yǐ dìng　　　bù bì wèn jūn píng

【注释】

①这首诗大约作于天宝二年（743），李白在长安送友人回四川时。这年春天，李白游坊州，不久归长安，适逢友人王炎入蜀，便作此诗及《剑阁赋》送之。诗中借用神话传说，描绘了蜀山的悬崖峭壁，突出了蜀道的崎岖和艰险，流露出李白对友人的关切之情；劝慰友人，不要对功名利禄耿耿于怀，同时用之自勉，暗寓诗人失意的牢骚。入蜀：到蜀地（今四川）去。

②见说：听说。蚕丛：古蜀国国王，借指蜀地。

③崎岖：形容道路高低不平。

④笼：笼罩。秦栈：秦时的栈道，这里是说栈道的古老。栈，在陡岩峭壁之上凿岩架木，上铺木板以通行。

⑤升沉：宦途得失。

⑥君平：汉代严遵，字君平，隐居成都，以占卜为生。

cì běi gù shān xià
次 北 固 山 下 ①

wáng wān
王 湾 ②

kè lù qīng shān wài
客 路 青 山 外 ③，
xíng zhōu lù shuǐ qián
行 舟 绿 水 前 。

cháo píng liǎng àn kuò
潮 平 两 岸 阔 ④，
fēng zhèng yī fān xuán
风 正 一 帆 悬 。

hǎi rì shēng cán yè
海 日 生 残 夜 ⑤，
jiāng chūn rù jiù nián
江 春 入 旧 年 ⑥。

xiāng shū hé yóu dá
乡 书 何 由 达 ⑦，
guī yàn luò yáng biān
归 雁 洛 阳 边 ⑧。

【注释】

①诗题一作《江南意》。诗歌描绘出江南壮阔的美景，借鸿雁北飞抒发了客子淡淡的思乡愁绪。

②王湾（693—751）：洛阳人，先天年间（712—713）进士及第。博学工诗，诗虽流传不多，但享名甚大。次：到，停留。北固山：在今江苏镇江北，下临长江，与焦山、金山并称京口三山。

③客路：大路，旅途。

④潮平：江水高涨而又平静。两岸阔：一作"两岸失"。

⑤海日：从海上升起的朝阳。残夜：夜尽时，天快亮的时候。

⑥入旧年：指春暖早到节令交替。

⑦乡书：家信。何由达：由谁传递。

⑧归雁：我国古代有鸿雁传书的说法，源于《汉书·苏武传》。唐王维《使至塞上》："征蓬出汉塞，归雁入吴天。"

sū shì bié yè
苏氏别业①

祖咏 zǔ yǒng ②

bié yè jū yōu chù　　　dào lái shēng yǐn xīn
别业居幽处③，　　到来生隐心④。

nán shān dāng hù yǒu　　lǐ shuǐ yìng yuán lín
南山当户牖⑤，　　沣水映园林⑥。

zhú fù jīng dōng xuě　　tíng hūn wèi xī yīn
竹覆经冬雪，　　庭昏未夕阴。

liáo liáo rén jìng wài　　xián zuò tīng chūn qín
寥寥人境外⑦，　　闲坐听春禽。

【注释】

①诗歌描绘了苏氏别业清幽寂静的景色，衬托了别业主人高洁的品质，表现了诗人出入其中感受到的超然。

②祖咏（699—746?）：洛阳人。唐开元年间中进士第，屡遭迁谪，仕途落拓，遂无意于政治，归隐汝坟别业，以渔樵隐居生活终。其诗作以描写隐逸生活、山水风光为主，辞意清新、文字洗练，是盛唐山水田园诗派代表人之一。

③幽处：幽静的地方。

④隐心：归隐山林的心思。唐皎然《偶然五首》："隐心不隐迹，却欲住人家。"

⑤南山：终南山。当：对着。户牖（yǒu）：门窗。

⑥沣（fēng）水：又作"丰水"，渭水的支流，发源于终南山。

⑦寥寥（liáo）：空寂，人迹罕至。宋林逋《山中寄招叶秀才》："夜鹤晓猿时复闻，寥寥长似耿离群。"

春宿左省 ①
chūn sù zuǒ shěng

dù fǔ
杜 甫

huā yǐn yè yuán mù　　jiū jiū qī niǎo guò
花 隐 掖 垣 暮 ②，啾 啾 栖 鸟 过 ③。

xīng lín wàn hù dòng　　yuè bàng jiǔ xiāo duō
星 临 万 户 动 ④，月 傍 九 霄 多 ⑤。

bù qǐn tīng jīn yuè　　yīn fēng xiǎng yù kē
不 寝 听 金 钥 ⑥，因 风 想 玉 珂 ⑦。

míng zhāo yǒu fēng shì　　shuò wèn yè rú hé
明 朝 有 封 事 ⑧，数 问 夜 如 何 ⑨。

【注释】

①诗约作于唐肃宗乾元元年（758），杜甫时任左拾遗。诗歌描写了诗人门下省值夜班时从傍晚到深夜直至清晨的见闻感受，表现了诗人的小心谨慎、忠于职守与兴奋不已。宿：值宿，值夜班。左省：左掖，古时称门下省为左掖，在皇宫东边，临近左掖门。

②掖垣（yè yuán）：皇宫的旁垣，偏殿的短墙，也用来称中书、门下两省，这里指门下省。

③啾啾（jiū）：鸟鸣声。

④星临：星光下照。动：灿然欲动。

⑤九霄：九天，天的最高处，这里指官殿。

⑥金钥：本指门上的钥匙，这里指开宫门的钥匙声。

⑦玉珂：马饰物，马铃。

⑧封事：臣下上书奏事，一代封缄，防止泄密。

⑨数问：多次问。夜如何：夜色将近了吗。

tí xuán wǔ chán shī wū bì
题 玄 武 禅 师 屋 壁 ①

dù fǔ
杜 甫

hé nián gù hǔ tóu　　mǎn bì huà cāng zhōu
何 年 顾 虎 头 ②，满 壁 画 沧 州 ③。

chì rì shí lín qì　　qīng tiān jiāng hǎi liú
赤 日 石 林 气 ，青 天 江 海 流 ④。

xī fēi cháng jìn hè　　bēi dù bù jīng ōu
锡 飞 常 近 鹤 ⑤，杯 渡 不 惊 鸥 ⑥。

sì dé lú shān lù　　zhēn suí huì yuǎn yóu
似 得 庐 山 路 ，真 随 惠 远 游 ⑦。

【注释】

①诗称颂画师精湛的技艺、画面的神奇，表达了自己观画后的欣赏、赞叹与痴迷，含蓄地表现了玄武禅师的法力、德行。玄武禅师：玄武庙中的僧人。禅师，是对和尚的尊称。玄武，山名，又名宜君山、三嵎山，在玄武县（今四川中江）东二里，一说是大雄山玄武庙。

②顾虎头：东晋著名画家顾恺之，子长康，小字虎头，晋陵无锡人（今江苏无锡），人称"才绝、画绝、痴绝"。

③沧州：临水的地方。

④青天：蓝天。

⑤锡飞常近鹤：化用梁武帝时高僧宝至与白鹤道人斗法的典故。《高僧传》载，舒州潜山风光奇绝，梁高僧宝至与白鹤道人都想到那里住。梁武帝知道后，就让他们各带自己的法宝一比高低。于是白鹤道人先放鹤先飞，宝至随后将锡杖抛向空中。待白鹤飞到时，锡杖已经先立到山上了。最后梁武帝分别在鹤杖所停的地方建立了寺院和道观。锡，锡杖，僧人化缘时用来叩门的拄杖，顶头装着锡环。

⑥杯渡：以木杯渡海。释慧皎《高僧传》卷一〇："杯渡者，不知姓名，常乘木杯渡水，因而为目。初见在冀州，不修细行。神力卓越，世莫测其由来。……至孟津河，浮木杯于水，凭之度河，无假风棹，轻疾如飞，俄而度岸，达于京师。"后喻指高僧。真随：真愿意跟随。

⑦惠远：东晋高僧，曾在庐山修行，与陶渊明有交往。这里以惠远比玄武禅师，以陶渊明自比。

zhōng nán shān
终 南 山①

wáng wéi
王 维

tài　yǐ　jìn　tiān　dū　　　lián　shān　dào　hǎi　yú
太 乙 近 天 都，　连 山 到 海 隅②。
bái　yún　huí　wàng　hé　　　qīng　ǎi　rù　kàn　wú
白 云 回 望 合，　青 霭 入 看 无③。
fēn　yě　zhōng　fēng　biàn　　　yīn　qíng　zhòng　hè　shū
分 野 中 峰 变④，　阴 晴 众 壑 殊⑤。
yù　tóu　rén　chù　sù　　　gé　shuǐ　wèn　qiáo　fū
欲 投 人 处 宿⑥，　隔 水 问 樵 夫。

【注释】

①唐玄宗开元末、天宝初，王维在终南别业过着亦官亦隐的生活，这首诗大约写于这一时期。诗以凝练而夸张的手法生动传神地写出终南山的巍峨雄伟、气象万千，表达了诗人的赞赏之情。

②"太乙"以下两句：用夸张的手法写终南山的高大雄伟，绵延不绝。太乙，又名太一，终南山的别名，是秦岭主山峰之一，西起今甘肃天水，东至今河南陕县。天都，天帝所居之处，近天都说其高峻。海隅，海边。终南山并不到海边，这里是夸张的说法。

③"白云"以下两句：传神地描写出登山时观察到的奇特的云雾景观。回望，四面瞭望。青霭 (ǎi)，青色云气。入，接近，进入。

④分野：古人将天上的星宿和地上的区域相对应，叫作分野，这里是说终南山很大，一峰之隔便区域不同。中峰：最高处。

⑤壑 (hè)：山谷。殊：不同。

⑥投：投奔。人处：有人居住的地方。

白云回望合，青霭入看无

jì zuǒ shěng dù shí yí
寄左省杜拾遗①

cén shēn
岑参

lián bù qū dān bì　　　fēn cáo xiàn zǐ wēi
联步趋丹陛②，分曹限紫薇③。

xiǎo suí tiān zhàng rù　　mù rě yù xiāng guī
晓随天仗入④，暮惹御香归⑤。

bái fà bēi huā luò　　　qīng yún xiàn niǎo fēi
白发悲花落，青云羡鸟飞⑥。

shèng cháo wú quē shì　　zì jué jiàn shū xī
圣朝无阙事⑦，自觉谏书稀⑧。

【注释】

①诗作于唐肃宗至德二年至乾元元年 (757—758) 初，杜甫时

任左拾遗,岑参任右补阙,二人都是谏官。这首酬赠诗描写诗人与杜甫联袂上朝的情形,称颂杜甫将青云直上,表现了自己的寂寞与迟暮之悲。也有人认为诗皮里阳秋,在貌似歌功颂德的言辞中,寄寓了对君王文过饰非的失望与不满。左省:门下省,因在官殿左侧而得名。杜拾遗:杜甫,任左拾遗之职。

②联步:同步,并行,这里是说自己与杜甫一起上朝。趋:碎步上朝,极为谨慎的样子。丹陛(bì):官中的红色台阶,借指朝廷。

③分曹:分班,各立左右。限:分隔。紫薇:紫薇省,即中书省,诗人时任右补阙,属中书省,杜甫任左拾遗,属门下省,一左一右,分班办公。

④天仗:皇帝的仪仗。

⑤惹:沾染,带着。御香:朝会时金殿上的炉香。

⑥青云:比喻高官显爵,以鸟飞青云上比喻杜甫很快就要得到显贵的官职。

⑦圣朝:圣明的朝代,说当世。阙事:缺点,过失。阙,同"缺"。

⑧谏书:规劝皇帝的上书。

登 总 持 阁①

岑 参

高阁逼诸天②,登临近日边。
晴开万井树③,愁看五陵烟。

233

jiàn wài dī qín lǐng　　chuāng zhōng xiǎo wèi chuān
槛外低秦岭④，窗中小渭川。
zǎo zhī qīng jìng lǐ　　cháng yuàn fèng jīn xiān
早知清净理⑤，常愿奉金仙⑥。

【注释】

①诗从多种角度用夸张的手法描绘总持阁的高大以及登临后感受到的超脱境界。总持阁：总持寺阁，故址在终南山上。总持，是佛教用语，意思是持善不失，持恶不生，无所缺漏。

②逼：迫近。诸天：佛教术语，指众神佛居住的地方。诸，也可解作之于、于。天，天空。

③井：指长安街道四方如井。

④槛：栏杆。

⑤清净理：佛教中所说的远离罪恶与烦恼的禅理。

⑥奉：侍奉。金仙：佛像。传说汉明帝梦见一仙人身长一丈六尺，紫金身，就问是何人。有人回答说是西方的佛。明帝就派蔡愔到西域（今印度）求佛。佛教就此传入中国。

dēng yǎn zhōu chéng lóu
登兖州城楼①

dù fǔ
杜甫

dōng jùn qū tíng rì　　nán lóu zòng mù chū
东郡趋庭日②，南楼纵目初③。
fú yún lián hǎi dài　　píng yě rù qīng xú
浮云连海岱④，平野入青徐⑤。

gū zhàng qín bēi zài⑥　　huāng chéng lǔ diàn yú
孤　嶂　秦　碑　在⑥，荒　城　鲁　殿　余⑦。
cóng lái duō gǔ yì　　lín tiào dú chóu chú
从　来　多　古　意，临　眺　独　踌　躇⑧。

【注释】

①唐玄宗开元二十三年（735），杜甫赴京兆贡举下第，二十五年（737）漫游齐赵，其间到兖州看望父亲，作此诗。诗人描绘了登兖州城楼所见到的雄浑阔大的壮丽景观，由秦碑、鲁殿引发思古之幽情。兖州：古称东郡，唐代州名，在今山东兖州西。

②趋庭：典出《论语·季氏》载："鲤（孔子儿子）趋而过庭。"意为随侍父母，这里指杜甫到兖州看望父亲杜闲。

③南楼：兖州南城楼。纵目：放眼远望。初：首次。

④海岱：黄海、泰山。岱，泰山的别名，泰山又称岱宗、岱山。入：一直延伸。

⑤平野：平旷的原野。青徐：青州（今山东益都）和徐州（今江苏徐州）。

⑥孤嶂：孤立的山峰，指泰山。秦碑：秦代的碑刻，据《史记》载，秦始皇二十八年（前219）东游泰山，于山上刻石颂德。

从来多古意，临眺独踌躇

⑦鲁殿：鲁灵光殿，汉景帝刘启儿子鲁恭王刘余所建，旧址在今山东曲阜东二里。

⑧临眺：登高远望。踌躇：犹豫不决的样子。

sòng dù shǎo fǔ zhī rèn shǔ chuān
送 杜 少 府 之 任 蜀 川①

wáng bó②
王 勃

chéng què fǔ sān qín　　　fēng yān wàng wǔ jīn
城 阙 辅 三 秦③，风 烟 望 五 津④。

yǔ jūn lí bié yì　　　tóng shì huàn yóu rén
与 君 离 别 意⑤，同 是 宦 游 人。

hǎi nèi cún zhī jǐ　　　tiān yá ruò bǐ lín
海 内 存 知 己，天 涯 若 比 邻⑥。

wú wéi zài qí lù　　　ér nǚ gòng zhān jīn
无 为 在 歧 路⑦，儿 女 共 沾 巾⑧。

【注释】

①诗题一作《杜少府之任蜀州》，这是王勃供职长安时写的一首送别诗。这首赠别诗描绘了长安的阔大气象和西蜀的烟雾迷蒙，表达了离别之意。颈联、尾联的劝慰显示了诗人不凡的胸襟和奋发向上的精神。少府：县尉，地位仅次于县令，掌管一带治安。之任：赴任。蜀川：今四川。

②王勃（650—676）：字子安，绛州龙门（今山西河津）人，初唐诗人。与杨炯、卢照邻、骆宾王以诗文齐名，并称王杨卢骆，亦称"初唐四杰"。王勃的诗今存八十多首，多为五言律诗和绝句。明代胡应麟认为王勃的五律"兴象婉然，气骨苍然，实首启盛（唐）、中（唐）妙境。五言绝亦舒写悲凉，洗削流调。究其才力，自是唐人开山祖"

（《诗薮·内编》卷四）。

③城阙：本指皇宫门前的望楼，这里指唐代京都长安。阙，宫门前的望楼。辅：拱卫，护着。三秦：指长安附近的关中一带，秦亡以后，项羽曾将秦国故地分为雍、塞、翟三个国家，故称三秦。

④风烟：风光烟色，美好的景色。五津：四川岷江从灌县到犍为县一段中的五个渡口，即白华津、万里津、涉头津、江南津、江首津。

⑤君：您，指杜少府。离别意：离别的意绪。

⑥"海内"以下两句：《论语·颜渊》中有"四海之内皆兄弟也"的话，表达了海内一家的思想，曹植《赠白马王彪》："丈夫志四海，万里犹比邻。"融入了男儿志在四方的意思，不过曹植的诗句更多的是一种无奈，王勃"海内存知己，天涯若比邻"化用了曹植诗意，用在友人间分别的场合，强调了朋友间的亲情，所谓心近无远近，洗去了别离场合中习见的缠绵悲恻，显示出诗人的胸襟与气量。海内，四海之内，指天下。知己，知心朋友。天涯，天边，极远的地方。比邻，近邻。唐制四家为邻。

⑦无为：不要。歧路：岔路口。

⑧沾巾：让泪水沾湿手巾（或佩巾）。

sòng cuī róng
送　崔　融①

dù shěn yán
杜审言

jūn wáng xíng chū jiàng　　shū jì yuǎn cóng zhēng
君　王　行　出　将②，书　记　远　从　征③。

zǔ zhàng lián hé quē　　jūn huī dòng luò chéng
祖　帐　连　河　阙④，军　麾　动　洛　城⑤。

jīng qí zhāo shuò qì⑥   jiā chuī yè biān shēng⑦
旌 旗 朝 朔 气⑥，笳 吹 夜 边 声⑦。
zuò jué yān chén sǎo⑧   qiū fēng gǔ běi píng⑨
坐 觉 烟 尘 扫⑧，秋 风 古 北 平⑨。

【注释】

①诗作于武则天万岁登封元年(696)，当时契丹李尽忠在营州（今辽宁境内）反叛，朝廷派武三思率兵讨伐，崔融任节度使幕府执掌书记随军出征，临行前朝廷设宴饯行，诗人赋诗赠之。诗人描绘出送别场面的壮观，设想军旅到达北方必将大功告成，表达了自己的祝福。崔融：唐代诗人，字安成，齐周全节（今山东历城附近）人。武后长安间任著作佐郎，迁右史。后贬袁州刺史，不久召回，授国子司业。

②行：将要。出将：派将出征。

③书记：指崔融，时任节度使幕府执掌书记随军出征。

④祖帐：饯别时在野外临时搭建的帐篷。唐白居易《浔阳宴别》："鞍马军城外，笙歌祖帐前。"河阙：即伊阙，在今河南洛阳西南，因龙门山（西山）和香山（东山）隔伊水夹峙如阙门，故称。

⑤军麾（huī）：军中旗帜，借指军旅。洛城：洛阳城。

⑥朔气：北方的寒气。

⑦笳：胡笳，一种管乐器，类似笛子，军中用来发布号令。边声：边地的胡笳声。

⑧坐觉：顿觉。烟尘：战事。

⑨古北平：古代的北平郡，唐初改称平州，治所在今河北卢龙东。

hù cóng dēng fēng tú zhōng zuò

扈从登封途中作[1]

sòng zhī wèn

宋之问[2]

zhàng diàn yù cuī wéi　　xiān yóu shí zhuàng zāi

帐殿郁崔嵬[3]，仙游实壮哉[4]。

xiǎo yún lián mù juǎn　　yè huǒ zá xīng huí

晓云连幕卷，夜火杂星回。

gǔ àn qiān qí chū　　shān míng wàn shèng lái

谷暗千旗出[5]，山鸣万乘来[6]。

hù cóng liáng kě fù　　zhōng fá yàn tiān cái

扈从良可赋[7]，终乏掞天才[8]。

【注释】

①武则天天册万岁二年（696）祭祀河南嵩山，将年号改为万岁登封，将嵩山所在的阳城县改名为登封县，宋之问随驾前往，在登山途中作了这首诗来颂扬。诗人用夸张的手法描写皇帝行宫的庄严华贵，表达了歌功颂德之意。扈（hù）从：皇帝出行时随从护驾。

②宋之问（656？—712）：一名少连，字延清，汾州西河（今山西汾阳）人。与沈佺期齐名，世称沈宋。上元二年（675）进士及第。初与杨炯分直内教，不久授洛州参军，累转尚方监丞，预修大型类书《三教珠英》。中宗增置修文馆学士，宋之问与薛稷、杜审言首膺其选，后任越州长史。睿宗即位，徙宋之问于钦州，寻赐死。宋之问精音律，在近体诗定型中起了重要作用。有《宋之问集》。

③帐殿：皇帝出巡时用帐幔搭建的临时宫殿。郁：文彩华丽的样子。崔嵬（wéi）：高大的样子。

④仙游：皇帝出巡的谀称。壮：雄壮威武。

⑤谷暗千旗出：上千面旗帜遮暗了山谷，扈从的军队走了过来。

⑥山鸣万乘来：山间发出轰鸣声，皇帝的车驾由此经过。万乘，帝王。

⑦良可赋：实在值得赋诗。

⑧掞（yàn）天才：形容非常有文采。掞天，光芒照天。掞，光芒。

tí yì gōng chán fáng
题 义 公 禅 房①

mèng hào rán
孟 浩 然

yì gōng xí chán jì　　　jié yǔ yī kōng lín
义 公 习 禅 寂②，结 宇 依 空 林③。

hù wài yī fēng xiù　　　jiē qián zhòng hè shēn
户 外 一 峰 秀，阶 前 众 壑 深。

xī yáng lián yǔ zú　　　kōng cuì luò tíng yīn
夕 阳 连 雨 足④，空 翠 落 庭 阴⑤。

kàn qǔ lián huā jìng　　　fāng zhī bù rǎn xīn
看 取 莲 花 净⑥，方 知 不 染 心⑦。

义公习禅寂，结宇依空林

【注释】

①诗题一作《题大禹义公房》。诗人用禅房幽静的环境衬托义公的道行高洁，巧妙地以莲花为比喻，称颂禅师内心一尘不染、毫无尘俗思想。禅房：僧房。

②义公：唐代的一位高僧，与孟浩然有交往。习禅寂：习惯于佛教清寂的环境。

③结宇：构屋居住，造房。空林：空旷的山林。

④雨足：雨的踪迹。

⑤空翠：空明苍翠。

⑥莲花净：莲花出淤泥而不染，故多以莲花象征洁净。东晋高僧慧远在庐山创立了净土宗，谢灵运为他开凿了两个池塘种白莲花，所以称为白莲社，净土宗又称莲宗，它所宣扬的西方净土被称为莲邦。

⑦方：一作"应"。

zuì hòu zèng zhāng jiǔ xù
醉后赠张九旭①

gāo shì
高适

shì shàng màn xiāng shí　　　cǐ wēng shū bù rán
世上漫相识②，此翁殊不然③。

xìng lái shū zì shèng　　　zuì hòu yǔ yóu diān
兴来书自圣④，醉后语尤颠⑤。

bái fà lǎo xián shì　　　qīng yún zài mù qián
白发老闲事⑥，青云在目前⑦。

chuáng tóu yī hú jiǔ　　　néng gèng jǐ huí mián
床头一壶酒，能更几回眠。

【注释】

①诗作于唐玄宗开元二十四年（736）。开元二十三年（735），诗人应征赴长安，落第。次年结交张旭、颜真卿等人，秋，营别业居淇上。诗人从张旭平日不轻易与人交往、兴来书圣、醉后语颠三个方面突出其豪放不羁，对其青云直上表示祝贺，对其日后能否如往常一样生活表示关心与忧虑，显示了诗人与张旭的深厚友谊。张九旭：张旭，字伯高，江苏吴县（今属江苏苏州）人，唐代著名书法家，以草书著称，人称"草圣"，因排行第九，故称张九。与李白诗歌、裴旻剑舞

为天下三绝。

②漫相识：随意交往。

③此翁：张旭。殊不然：特别与众不同。

④兴：兴致。

⑤颠：癫狂，张旭号称"张癫"。

⑥白发老闲事：直到晚年也不求闻达，唯闲居自乐为事。

⑦青云：青云直上，这里指张旭被唐玄宗召为博士一事。

yù tái guàn
玉台观①

dù fǔ
杜甫

hào jié yīn wáng zào　　　　píng tái fǎng gǔ yóu
浩劫因王造②，　　平台访古游。

cǎi yún xiāo shǐ zhù　　　　wén zì lǔ gōng liú
彩云萧史驻③，　　文字鲁恭留④。

gōng què tōng qún dì　　　　qián kūn dào shí zhōu
宫阙通群帝⑤，　　乾坤到十洲⑥。

rén chuán yǒu shēng hè　　　　shí guò běi shān tóu
人传有笙鹤⑦，　　时过北山头。

【注释】

①唐代宗广德元年（763）杜甫寓居梓州（今四川省三台），因汉州刺史房琯卒于阆中，杜甫为其治丧，此间游玉台观，作此诗。诗人用了一系列典故与神话传说，描绘了玉台观的雄伟壮丽景象，写出道观的飘然出世的风貌。玉台观：道观名，唐滕王李元婴所建，在阆中（今四川阆中）北七里。

②浩劫：佛塔的大层级，这里指玉台观的台阶。王：滕王李元婴。

③萧史：《列仙传》载，萧史善吹箫，秦穆公便把喜欢箫的女儿弄玉嫁给了他，并为他们建造了凤台。数年以后，弄玉跨凤，萧史驾龙，双双升天。

④鲁恭：鲁恭王刘余，汉景帝子，在扩建官殿时曾拆毁孔子旧宅，在墙壁间获得《古文尚书》等儒家经典，此喻玉台观上的题词。

⑤群帝：五方之帝，道教认为天有群帝，而大帝最尊。

⑥十洲：古代传说中仙人居住的十个岛屿，即《海内十洲记》所载的祖洲、瀛洲、玄洲、炎洲、长洲、元洲、流洲、生洲、凤麟洲、聚窟洲，此处泛指四海之地。

⑦笙鹤：《神仙传》载，周灵王之子子乔，好吹笙，作凤鸣，游伊洛间，道士浮丘公接他上了嵩山。三十多年后，他在缑氏山顶，挥手告别世人乘鹤而去。

guān lǐ gù qǐng sī mǎ dì shān shuǐ tú
观李固请司马弟山水图①

dù fǔ
杜甫

fāng zhàng hún lián shuǐ　　tiān tái zǒng yìng yún
方丈浑连水②，　天台总映云③。
rén jiān cháng jiàn huà　　lǎo qù hèn kōng wén
人间长见画，　老去恨空闻④。
fàn lí zhōu piān xiǎo　　wáng qiáo hè bù qún
范蠡舟偏小⑤，　王乔鹤不群⑥。
cǐ shēng suí wàn wù　　hé chù chū chén fēn
此生随万物⑦，　何处出尘氛。

【注释】

①诗作于唐代宗广德二年（764），蜀人李固将表弟给他画的画

243

挂在墙上，请杜甫题咏。这首题画诗赞美山水画的形象逼真、绘画者技艺高超，借画中景色表达出对隐逸、游仙生活的向往，含蓄地表达了对社会现实的不满。李固：蜀人，其弟曾任司马，能作山水画。

②方丈：传说中的仙山，这里指画中的仙境。浑：全。

③天台：山名，在今浙江天台西。

④恨：遗憾。空闻：只是听说而已。

⑤范蠡（lǐ）：春秋时越国大夫，辅佐勾践灭吴之后，携西施泛舟太湖，不知所终。

⑥王乔：王子乔。汉刘向《列仙传·王子乔》："王子乔者，周灵王太子晋也。好吹笙，作凤凰鸣。游伊洛之间，道士浮丘公接以上嵩高山。三十余年后，求之于山上，见桓良曰：'告我家：七月七日待我于缑氏山巅。'至时果乘白鹤驻山头，望之不得到，举手谢时人，数日而去。"王乔鹤后来比喻洒脱不凡之人，或指鹤。

⑦随万物：随万物而浮沉，即随俗而生。

旅夜书怀 lǚ yè shū huái ①

杜甫 dù fǔ

细草微风岸 xì cǎo wēi fēng àn ②，危樯独夜舟 wēi qiáng dú yè zhōu ③。

星垂平野阔 xīng chuí píng yě kuò ，月涌大江流 yuè yǒng dà jiāng liú ④。

名岂文章著 míng qǐ wén zhāng zhù ，官因老病休 guān yīn lǎo bìng xiū ⑤。

飘飘何所似 piāo piāo hé suǒ sì ，天地一沙鸥 tiān dì yī shā ōu ⑥。

【注释】

①唐代宗永泰元年（765），严武去世，杜甫辞去幕僚职务，携家眷离开成都草堂，乘舟东下。这首诗便是写于从成都经嘉州（四川乐山）、渝州（今重庆）到忠州（四川忠县）的路上。诗以雄浑壮阔的景象衬托一叶扁舟的微不足道，以孤苦飘零的沙鸥比喻自己，表现出诗人的凄苦悲凉以及孤独寂寞。

②细草：江岸小草。

③危樯：高耸的桅杆。独夜舟：夜泊孤舟。唐李商隐《赠刘同户蕡》："江风扬浪动云根，重碇危樯白日昏。"

飘飘何所似，天地一沙鸥

④"星垂"以下两句：因为原野宽阔，所以星星显得好像从天空垂下一样。长江奔腾不息，辽阔无边，所以月亮好似从江面上涌现。"垂"、"涌"字化静态为动态，既显现了景象的壮观，又有一种压迫感。这样的广阔天地中，诗人只是如同离群索居的沙鸥，更见出内心的凄苦。

⑤因：应该，想必。

⑥"飘飘"以下两句：以设问的手法用沙鸥作比喻，描述自己孤苦凄凉的境遇。飘飘，漂泊。沙鸥，杜甫自况。

dēng yuè yáng lóu
登 岳 阳 楼 ①

dù fǔ
杜 甫

xī wén dòng tíng shuǐ ②　　jīn shàng yuè yáng lóu
昔 闻 洞 庭 水 ②，今 上 岳 阳 楼 ③。

wú chǔ dōng nán chè ④　　qián kūn rì yè fú
吴 楚 东 南 坼 ④，乾 坤 日 夜 浮 ⑤。

qīn péng wú yī zì ⑥　　lǎo bìng yǒu gū zhōu
亲 朋 无 一 字 ⑥，老 病 有 孤 舟。

róng mǎ guān shān běi ⑦　　píng xuān tì sì liú ⑧
戎 马 关 山 北 ⑦，凭 轩 涕 泗 流 ⑧。

【注释】

①诗写于唐代宗大历三年（768）岁末，当时吐蕃侵略陇右、关中一带，杜甫携家眷由公安（今湖北境内）南来，抵达岳阳，登临岳阳楼，赋诗咏怀。诗歌描绘了洞庭湖的浩瀚壮阔景象，寄寓了诗人身世坎坷、怀才不遇、孤苦飘零等复杂的感情，对国家时局忧心忡忡。

②洞庭水：洞庭湖，在今湖南东北部。

③岳阳楼：岳阳（今湖南岳阳）城西门楼，高三层，宋范致明《岳阳风土记》载："岳阳楼，城西门楼也。下瞰洞庭，景物宽阔。"

④吴楚：春秋时两个诸侯国名，其地域大致在我国东南部的湖南、湖北、江西、安徽、浙江、江苏等长江中下游一带地方。坼（chè）：分开，古楚地大致在洞庭湖的西北部，吴在湖的东南部，两地好似为湖水分开。

⑤乾坤日夜浮：通过乾坤在湖中悬浮写出洞庭湖的广阔与气势。乾坤，天地。这里说洞庭湖湖面宽广。

⑥字：书信。

⑦戎马：兵马，此指战事。当时吐蕃不断侵扰灵武等地，郭子仪领兵五万驻守奉天（今陕西乾县）。关山北：泛指北方边地。

⑧凭轩：依着楼窗。涕泗：眼泪与鼻涕。

jiāng nán lǚ qíng
江　南　旅　情①

zǔ yǒng
祖　咏

chǔ shān bù kě jí②　　guī lù dàn xiāo tiáo
楚山不可极②，归路但萧条。

hǎi sè qíng kàn yǔ③　　jiāng shēng yè tīng cháo
海色晴看雨③，江声夜听潮。

jiàn liú nán dǒu jìn④　　shū jì běi fēng yáo⑤
剑留南斗近④，书寄北风遥⑤。

wèi bào kōng tán jú⑥　　wú méi jì luò qiáo⑦
为报空潭橘⑥，无媒寄洛桥⑦。

【注释】

①诗以江南景色作衬托，写出诗人羁旅漂泊之苦；归路萧条，写出诗人索然无绪；"北风遥"，书信难寄；"无媒"寄橘，写出了乡音难达的思乡之苦。

②楚山：泛指江南的山。极：尽。

③海色：海上日出的景色。又解作江边的景色。

④南斗：星名，其分野正对吴地。《晋书·张华传》载，吴灭晋兴之际，有紫气直射斗、牛二星之间。晋尚书张华请教雷焕，被告知是宝剑之精上彻于天，在豫章丰城。张华就让雷焕当丰城县令，掘出龙泉、太阿两把剑，当晚斗牛间的紫气就消失了。

⑤书寄北风遥：要往北方寄家信，却像北风吹鸿雁，能南不能北。

⑥空潭橘：泛指南方的橘子。空潭，深潭，指昭潭，在湖南境内，湘江水最深的地方，古时有"昭潭无底橘洲浮"的说法。

⑦媒：捎信人。洛桥：洛水上的天津桥，在洛阳，此指诗人故乡洛阳。

宿龙兴寺①
sù lóng xīng sì

綦毋潜②
qí wú qián

香刹夜忘归，松清古殿扉。
xiāng chà yè wàng guī　sōng qīng gǔ diàn fēi

灯明方丈室③，珠系比丘衣④。
dēng míng fāng zhàng shì　zhū jì bǐ qiū yī

白日传心净⑤，青莲喻法微⑥。
bái rì chuán xīn jìng　qīng lián yù fǎ wēi

天花落不尽，处处鸟衔飞⑦。
tiān huā luò bù jìn　chù chù niǎo xián fēi

【注释】

①诗写诗人游览佛寺留宿不归的见闻感受，反映了僧侣的夜间生活，传达了玄妙的佛理，表达了诗人超脱尘俗向往方外的思想。龙兴寺：其所指说法不一，一说在今湖北房县西北，一说在今湖南零陵西南。

②綦（qí）毋潜（692—749?）：字孝通，一作季通，荆南（今属湖北江陵）人。开元十四年（726）进士及第，官宜寿尉、左拾遗。开元十八年，入为集贤院待制，为著作郎。天宝十一载（752）任左拾遗，后迁为著作郎。安史之乱后，他再度归隐，游于江淮一带。其诗善写幽寂之景，诗风接近王维，充满禅理，为盛唐田园山水诗代表人物之一。《全唐诗》收录其诗一卷，共二十六首。

③方丈：寺院长老或住持说法处，此处泛指禅房。

④珠：佛教徒所挂的念珠。比丘：和尚。

⑤白日：这里比喻长老传法时，心像白日那样明朗洁净。

⑥青莲：青色莲花，佛教以为莲花清净无染，常用来指称和佛教有关的事务，这里指佛经。微：精微。

⑦"天花"以下两句：典出《维摩经·观众生品》载，佛祖让天女散花来试探菩萨和声闻弟子的道行，花落之不尽，有鸟衔之而去。

pò shān sì hòu chán yuàn
破 山 寺 后 禅 院①

cháng jiàn
常 建②

qīng chén rù gǔ sì　　chū rì zhào gāo lín
清 晨 入 古 寺， 初 日 照 高 林③。
qū jìng tōng yōu chù　　chán fáng huā mù shēn
曲 径 通 幽 处④， 禅 房 花 木 深。
shān guāng yuè niǎo xìng　　tán yǐng kōng rén xīn
山 光 悦 鸟 性， 潭 影 空 人 心。
wàn lài cǐ jù jì　　wéi wén zhōng qìng yīn
万 籁 此 俱 寂⑤， 惟 闻 钟 磬 音⑥。

【注释】

①诗题一作《题山寺后禅院》。诗描绘了山寺后禅院幽雅清静的环境，诗人由此领会到玄妙的佛理，抒发了诗人对方外生活的向往。破山寺：又名兴福寺，故址在今江苏常熟虞山北，始建于南朝齐，唐咸通九年(868)赐额破山兴福寺。

②常建：唐代诗人，长安(今陕西西安)人。开元十五年(727)与王昌龄同榜登科。曾官盱眙尉，后隐居鄂州武昌之西山。常建一生沉沦失意，耿介自守，不趋附权贵。诗多为五言，以描写田园风光、山

249

林逸趣为主。意境恬淡清迥,语言洗炼自然,风格质朴清新,为盛唐山水田园诗派的重要作家,有"王、孟、储(储光羲)、常"之称。禅房:寺院中僧侣居住的地方。

③初日:刚刚升起的太阳。

④曲径:弯弯曲曲的小路。幽处:幽静的地方。

⑤万籁(lài):自然界的各种声音。此俱寂:这里一切都很寂静。

⑥钟磬:寺院里的乐器,诵经、斋供发动时用钟,终止时用磬。

tí sōng tīng yì
题 松 汀 驿 ①

zhāng hù
张 祜 ②

shān sè yuǎn hán kōng　　cāng máng zé guó dōng
山 色 远 含 空 ③,　　苍 茫 泽 国 东 ④。

hǎi míng xiān jiàn rì　　jiāng bái jiǒng wén fēng
海 明 先 见 日,　　江 白 迥 闻 风 ⑤。

niǎo dào gāo yuán qù　　rén yān xiǎo jìng tōng
鸟 道 高 原 去 ⑥,　　人 烟 小 径 通。

nǎ zhī jiù yí yì　　bù zài wǔ hú zhōng
那 知 旧 遗 逸 ⑦,　　不 在 五 湖 中。

【注释】

①诗以清丽的语言描绘了江南美景以及道路逼仄,抒发了寻友不遇的怅惘。也有人认为此诗含有对排挤自己的人的讽刺。松汀驿:驿站名,在太湖东部江苏吴江一带,具体位置不详。

②张祜(782—852):字承吉,郡望清河东武城(今山东武城西北),南阳人,中晚唐著名诗人。早年曾浪迹江湖,狂放不羁。累试不第。曾受节度使令狐楚赏识,上表推荐,遭到元稹反对未能任用。

张祜尝客淮南，爱丹阳（今属江苏）曲阿地，筑室卜隐。作诗用心良苦，宫词辞曲艳发，五律沉静浑厚，有隐逸之气。杜牧称赞说："何处得似张公子，千首诗轻万户侯。"有《张祜诗集》、《张承吉文集》。

③含：衔接。

④泽国：多水的地方。

⑤迥（jiǒng）：远。

⑥鸟道：只有鸟可以飞越的地方，形容山路险峻狭窄。

⑦旧遗逸：指诗人隐居江湖的旧友。遗逸，隐身遁迹的人。

山色远含空，苍茫泽国东

shèng guǒ sì
圣 果 寺 ①

shì chǔ mò
释 处 默 ②

lù zì zhōng fēng shàng　pán huí chū bì luó
路 自 中 峰 上 ， 盘 回 出 薜 萝 ③。
dào jiāng wú dì jìn　gé àn yuè shān duō
到 江 吴 地 尽 ④， 隔 岸 越 山 多 。
gǔ mù cóng qīng ǎi　yáo tiān jìn bái bō
古 木 丛 青 蔼 ， 遥 天 浸 白 波 。
xià fāng chéng guō jìn　zhōng qìng zá shēng gē
下 方 城 郭 近 ⑤， 钟 磬 杂 笙 歌 ⑥。

【注释】

①诗歌写出圣果寺地势的高远、环境的优雅以及俯瞰吴越的气势,虽然靠近尘世却清者自清,不为流俗所扰,表达了诗人方外生活的自适。圣果寺:故址在浙江杭州城南凤凰山上。

②处默:越僧人,曾与释贯休有密切往来,后入庐山,与释修睦、栖隐游,为罗隐、郑谷诗友。

③盘回:盘旋萦绕的山路。薜(bì)萝:薜荔、女萝,两种藤萝植物。

④江:钱塘江,古时江北属吴,江南属越。

⑤下方:山下。城郭:位于凤凰山北的杭州城。

⑥钟磬(qìng):佛教所用乐器。笙歌:笙管歌舞。

野 望①

王绩②

东皋薄暮望③,徙倚欲何依④。
树树皆秋色,山山惟落晖⑤。
牧人驱犊返⑥,猎马带禽归。
相顾无相识⑦,长歌怀采薇⑧。

【注释】

①诗歌用散点透视的方法,描绘出一幅动人的山居暮归秋景图,在闲适的情调中抒发了诗人凄凉无依的情感,一说寄托了诗人避世隐居之意。

②王绩（586—644）：王通之弟，字无功，自号东皋子、五斗先生。祖籍祁县，后迁绛州龙门（今山西河津）。隋大业元年（605）应孝廉举，中高第，授秘书正字，后为六合县丞。贞观初，太乐署史焦革善酿酒，王绩自求任太乐丞。他把焦革的制酒法总结为《酒经》一卷，又收集杜康、仪狄等善酿者的经验，写成《酒谱》一卷。好弹琴，又精于占卜算卦，兼长射覆。诗歌多写山水田园风光与隐士生活，平淡疏野，对唐诗的发展有一定影响。有《王无功文集》。

③东皋（gāo）：绛州龙门的一个地方，诗人归隐后的常游之地。皋，水边地。

④徙倚：徘徊。欲何依：打算依靠什么，描绘诗人内心苦闷、彷徨不安的神态。

⑤落晖：夕阳余晖。

⑥犊：小牛。

⑦相顾：相看。

⑧采薇：《诗经·召南·草虫》："陟彼南山，言采其薇。未见君子，我心伤悲。"《诗经·小雅·采薇》："采薇采薇，薇亦作止。曰归曰归，岁亦莫止。靡室靡家，猃狁之故。不遑启居，猃狁之故。"诗人联想到《诗经》中关于"采薇"的片断，借以抒发苦闷。一说此处引用伯夷、叔齐的典故，寄托避世隐居之意。薇，野菜名，多年生草本植物，嫩叶可食。

雨来沾席上，风急打船头

送别崔著作东征 ①
sòng bié cuī zhù zuò dōng zhēng

chén zǐ áng
陈子昂

金天方肃杀 ②，白露始专征 ③。
jīn tiān fāng sù shā　　bái lù shǐ zhuān zhēng

王师非乐战 ④，之子慎佳兵 ⑤。
wáng shī fēi lè zhàn　　zhī zǐ shèn jiā bīng

海气侵南部 ⑥，边风扫北平 ⑦。
hǎi qì qīn nán bù　　biān fēng sǎo běi píng

莫卖卢龙塞 ⑧，归邀麟阁名 ⑨。
mò mài lú lóng sài　　guī yāo lín gé míng

【注释】

①这首诗作于武则天万岁通天元年（696）五月，契丹侵入营州，朝廷任命梁王武三思为榆关道安抚使东征，崔融任东征书记随军前行，陈子昂以此诗相劝诫。诗既写出出征的事出有因，又谆谆告诫友人千万不要滥杀无辜、虚报战功，表达了诗人的政治主张，即不怕用兵但要慎于用兵。崔著作：崔融，字安成，武则天时期诗人，与李峤、苏味道、杜审言并称"文章四友"。

②金天：秋天，因秋季于五行属金故称。肃杀：严酷萧瑟的样子。古人以为秋季充满肃杀之气，正好用兵。

③白露：节气名，为立秋之后的第三个节气。专征：专门从事征伐。

④王师：帝王的军队。乐战：喜欢打仗。

⑤之子：这些从征的人，指崔融等。佳兵：《老子》："夫佳兵者，不祥之器。"佳，据前人考证为"佳"的误写，佳，古"唯"字，虚词。佳兵即用兵。

⑥海气：边地战尘。侵南部：往南侵犯窜扰。

⑦扫：扫荡，荡平。北平：郡名，治所在今河北卢龙县。

⑧卖：出卖。卢龙塞：古代军事要塞，在今河北省喜峰口附近。

⑨麟阁：麒麟阁，汉代所建，在未央宫中，上画功臣图像以表彰其功勋。

xié jì nà liáng wǎn jì yù yǔ qí yī
携 妓 纳 凉 晚 际 遇 雨 其 一①

dù fǔ
杜 甫

luò rì fàng chuán hǎo　　qīng fēng shēng làng chí
落 日 放 船 好②，　轻 风 生 浪 迟 。

zhú shēn liú kè chù　　hé jìng nà liáng shí
竹 深 留 客 处 ，　荷 净 纳 凉 时 。

gōng zǐ tiáo bīng shuǐ　　jiā rén xuě ǒu sī
公 子 调 冰 水③，　佳 人 雪 藕 丝④。

piàn yún tóu shàng hēi　　yīng shì yǔ cuī shī
片 云 头 上 黑 ，　应 是 雨 催 诗 。

【注释】

①诗题一作《陪诸贵公子丈八沟携妓纳凉晚际遇雨二首》，此为第一首。诗写贵介公子游赏之乐。才子佳人薄暮泛舟，竹下荷间，正宜避暑；调冰水，雪藕丝，极为舒适；即使是乌云乍起，也无非是上天凑趣，催人作诗。纳凉：乘凉。

②放船：泛舟。

③调冰水：调和冰块化成的饮料。

④雪藕丝：雪，擦拭。藕丝，彩色名，雪藕丝即美貌女子在涂脂抹彩梳妆打扮。一说雪藕丝是切藕成丝。

携妓纳凉晚际遇雨其二①

杜甫

雨来沾席上②，风急打船头。

越女红裙湿③，燕姬翠黛愁④。

缆侵堤柳系⑤，幔卷浪花浮⑥。

归路翻萧飒⑦，陂塘五月秋⑧。

【注释】

①诗承上首写贵介公子游赏时遇雨之后的情景，描绘出风雨骤至雨湿衣衫的狼狈、避雨柳岸以及雨停后归路的萧条冷落。

②沾：溅。

③越女：南方的佳人。宋晁说之《闻四明人不喜秋千因作》："越女腰支胜赵女，生平不敢赛秋千。"

④燕姬：北方的美女，越女燕姬这里指歌妓。翠黛：女子的眉毛，古代女子用螺黛画眉，故有此称。

⑤缆：拴船的缆绳。侵：迫近，靠近。

⑥幔：船上用的布幔，用以遮阳。

⑦翻：反而。萧飒：形容萧条冷落。

⑧陂（bēi）塘：池塘。唐元稹《再酬复言》："不然岂有姑苏郡，拟著陂塘比镜湖。"

宿云门寺阁 ①
sù yún mén sì gé

孙逖 ②
sūn tì

香阁东山下 ③，烟花象外幽 ④。
xiāng gé dōng shān xià　　yān huā xiàng wài yōu

悬灯千嶂夕 ⑤，卷幔五湖秋 ⑥。
xuán dēng qiān zhàng xī　　juǎn màn wǔ hú qiū

画壁余鸿雁，纱窗宿斗牛 ⑦。
huà bì yú hóng yàn　　shā chuāng sù dǒu niú

更疑天路近，梦与白云游。
gèng yí tiān lù jìn　　mèng yǔ bái yún yóu

【注释】

①诗写夜宿云门寺的见闻感受，用夸张的手法写出山寺幽清险峻，表达了诗人由于夜宿山寺而产生的方外之想。云门寺：故址在今浙江绍兴云门山上。

②孙逖（tì，696？—761）：唐河南洛阳人。开元中官中书舍人、典制诰，官终太子少詹事。与颜真卿、李华为当时名士。

③香阁：云门寺阁，佛教称佛地有众香国，楼阁苑囿都香。东山：云门山。

④烟花：繁花盛开的景色，这里借指美好的景色。象外：物象之外，尘俗之外。

⑤千嶂：千山。

⑥五湖：本指太湖及其附近湖泊，此指镜湖。

⑦斗牛：二星宿，其分野相当于今浙江、江苏、安徽、江西一带，时作者在浙江，故有"宿斗牛"之说。

秋登宣城谢朓北楼①
qiū dēng xuān chéng xiè tiào běi lóu

李白
lǐ bái

江城如画里②，山晚望晴空。
jiāng chéng rú huà lǐ　shān wǎn wàng qíng kōng

两水夹明镜③，双桥落彩虹④。
liǎng shuǐ jiā míng jìng　shuāng qiáo luò cǎi hóng

人烟寒橘柚，秋色老梧桐。
rén yān hán jú yòu　qiū sè lǎo wú tóng

谁念北楼上，临风怀谢公⑤。
shuí niàn běi lóu shàng　lín fēng huái xiè gōng

【注释】

①李白在长安郁郁不得志，不得已浪迹天涯。唐玄宗天宝十二载（753）秋季，他第二次来到宣城，在谢公楼写下了这首诗。诗描绘了谢朓北楼明丽的秋景和萧瑟的秋意，抒发了对谢朓深切的思古幽情，反映了诗人对谢朓的敬意。宣城：唐宣州治所，在今安徽水阳江西岸。谢朓北楼：即谢朓楼、谢公楼，为南齐谢朓任宣城太守时所建，在陵阳山顶，御史中丞兼宣州刺史独孤霖将北楼改建，因其地势高且险，崖叠如嶂，故题名"叠嶂楼"。

②江城：指宣城。

③两水：指环绕宣城的宛溪、句溪。

④双桥：指宛溪上的凤凰、济川二桥，隋朝开皇年间建造。

⑤谢公：对谢朓的敬称。宋秦观《游龙门山次程公韵》："归途父老欣相语，今日程公昔谢公。"

lín dòng tíng
临 洞 庭 ①

mèng hào rán
孟 浩 然

bā yuè hú shuǐ píng　　hán xū hùn tài qīng
八 月 湖 水 平 ②，涵 虚 混 太 清 ③。

qì zhēng yún mèng zé　　bō hàn yuè yáng chéng
气 蒸 云 梦 泽 ④，波 撼 岳 阳 城 ⑤。

yù jì wú zhōu jí　　duān jū chǐ shèng míng
欲 济 无 舟 楫 ⑥，端 居 耻 圣 明 ⑦。

zuò guān chuí diào zhě　　tú yǒu xiàn yú qíng
坐 观 垂 钓 者，徒 有 羡 鱼 情 ⑧。

【注释】

①诗题一作《望洞庭湖赠张丞相》，又作《岳阳楼》。这是首干谒诗，作于唐玄宗开元四至五年 (716—717)。当时，张说任岳州刺史，孟浩然作此诗投赠，希望得到引荐。一说作于唐玄宗开元二十一年 (733)，孟浩然西游长安，写诗呈献给时任丞相的张九龄，以求得到引荐。诗描绘出洞庭湖秋天的壮观奇伟景象，抒发了诗人求官不得的郁郁苦闷，表达了希望得到引荐的心情。

②平：湖水齐岸，风平浪静。

③涵虚：包含太空，形容湖面很广，简直可以包容整个天空。混：同。太清：天的代称。

④气蒸：水面上云气蒸腾。云梦泽：古时二湖泽名，在今湖北南部，湖南北部。云泽在长江北，梦泽在长江南，今多为陆地。

⑤波撼：洞庭湖水波涛汹涌，似乎可以震撼岳阳城。

⑥济：渡。舟楫：船、桨。

⑦端居：此指隐居。耻：感到羞耻。圣明：皇帝圣哲明睿，任用贤明。

⑧羡鱼情：这里以垂钓者比喻隐居者，以羡鱼情比喻脱俗的愿望。羡鱼，《淮南子·说林训》："临河而羡鱼，不如退而结网。"

guò xiāng jī sì
过 香 积 寺①

wáng wéi
王 维

bù zhī xiāng jī sì　　shù lǐ rù yún fēng
不 知 香 积 寺 ， 数 里 入 云 峰②。

gǔ mù wú rén jìng　　shēn shān hé chù zhōng
古 木 无 人 径 ， 深 山 何 处 钟。

quán shēng yè wēi shí　　rì sè lěng qīng sōng
泉 声 咽 危 石③， 日 色 冷 青 松④。

bó mù kōng tán qū　　ān chán zhì dú lóng
薄 暮 空 潭 曲⑤， 安 禅 制 毒 龙⑥。

【注释】

①诗歌描绘了香积寺幽深寂静的环境、僧人禅坐的情形，表达了诗人的禅悦之情和对佛教生活的向往。过：访问。香积寺：一名开利寺，故址在今陕西省西安市南。

②云峰：云雾缭绕的山峰。

③泉声咽危石：泉水在高耸的岩石间流淌，声音如同人在呜咽。咽，呜咽。危，高。

④日色冷青松：日光照耀下青松让人产生一种阴冷的感觉，写出山深林茂、人迹罕至的情形。

⑤空潭：明净清澈的水潭。

⑥安禅：禅定，僧人坐禅入定。毒龙：佛经中的凶猛动物，这里比喻非分的想法和欲望。《涅槃经》载，某寺潭中有一条毒龙，一位

高僧禅定于潭上念咒语，毒龙浮出水面悔过自新。顾况《寄江南鹤林寺石冰上人》："定力超香象，真言摄毒龙。"

sòng zhèng shì yù zhé mǐn zhōng
送 郑 侍 御 谪 闽 中 ①

gāo shì
高 适

谪去君无恨②，闽中我旧过③。
大都秋雁少④，只是夜猿多。
东路云山合⑤，南天瘴疠和⑥。
自当逢雨露⑦，行矣慎风波⑧。

【注释】

①诗作于天宝十一载（752）秋长安，上半年高适为封丘尉，秋辞职客游长安，与杜甫、岑参、储光曦等同游。秋冬之际，被哥舒翰表为左骁卫兵参军，遂赴幕府，任书记。这是诗人友人郑侍御贬谪到福建，诗人写给他的诗，诗人以自己的亲身经历向友人介绍闽中风物，意在安慰友人，并着重指出生逢盛世，早晚会得到帝王的恩泽，表达了对友人的美好祝福。侍御：古代达官的侍从。

②谪（zhé）：贬谪，古代官员被降职或者外调。无：通"毋"，不要。

③闽中：今福建一带。旧过：以前去过。

④大都：大概。秋雁少：因闽中在南岭南，大雁大都不过南岭，故称秋雁少。

⑤东路：向东行走。

261

⑥瘴疬：南方山林间的毒气和瘟疫病毒。

⑦自当：终当，终究会。雨露：比喻皇帝的恩泽。隋炀帝时宫女侯夫人《自感诗三首》第三首："不及间花草，翻承雨露多。"李隆基《赐崔日知往潞州》："藩镇讴谣满，行宫雨露深。"

⑧慎风波：比喻的手法，劝诫友人处事要谨慎。

秦州杂诗①
qín zhōu zá shī

杜 甫
dù fǔ

凤 林 戈 未 息②，　鱼 海 路 常 难③。
fèng lín gē wèi xī　　yú hǎi lù cháng nán

候 火 云 峰 峻④，　悬 军 幕 井 干⑤。
hòu huǒ yún fēng jùn　　xuán jūn mù jǐng gān

风 连 西 极 动⑥，　月 过 北 庭 寒⑦。
fēng lián xī jí dòng　　yuè guò běi tíng hán

故 老 思 飞 将⑧，　何 时 议 筑 坛⑨。
gù lǎo sī fēi jiàng　　hé shí yì zhù tán

【注释】

①诗作于唐肃宗乾元二载（759）秋。杜甫为房琯辩护得罪肃宗，由左拾遗贬为华州司功参军，这一年关辅（关中）闹饥荒，杜甫弃职举家避居秦州，作《秦州杂诗二十首》，本篇是第十九首。诗写出当时战乱不息、边事不宁以及战士行军环境的恶劣，表达了诗人对时局动荡的焦虑不安。秦州：今甘肃天水。

②凤林：凤林关，秦州境内，在今甘肃临夏西北。戈：干戈，战争。

③鱼海：地名，秦州境内，当时常为吐蕃所侵扰。路常难：常有

战事，道路难通。

④候火：烽火，边境报警的火。候，通"堠"，哨所。云峰峻：这里形容烽火高而烈，情况紧急。

⑤悬军：孤军深入。幕井：有井盖的井。

⑥西极：西方极远之地，指唐代西北边境。

⑦北庭：唐代曾设北庭都护府，在今新疆吉木萨尔北的破城子。

⑧故老：泛指边城的老百姓。飞将：汉代名将李广英勇善战，匈奴人称为"飞将军"。

⑨筑坛：筑坛拜将。汉高祖刘邦曾斋戒设坛场，拜韩信为大将军。《史记·淮阴侯列传》载：汉王欲拜韩信为将，"（萧）何曰：虽为将，信必不留。王曰：以为大将。何曰：幸甚。于是王欲召信拜之。何曰：王素慢无礼，今拜大将如呼小儿耳，此乃信所以去也。王必欲拜之，择良日，斋戒，设坛场，具礼，乃可耳。王许之。诸将皆喜，人人各自以为得大将。至拜大将，乃韩信也，一军皆惊。"

高祖力诛无道秦成功
全赖萧三人何繁
狱淮阴冗冗惟秀子
房智一身
丙寅冬至后一日
璟中子马贻盛

故老思飞将，何时议筑坛

禹庙①

杜甫

禹庙空山里②，秋风落日斜。

荒庭垂橘柚③，古屋画龙蛇④。

云气生虚壁，江深走白沙。

早知乘四载⑤，疏凿控三巴⑥。

【注释】

①诗作于唐代宗永泰元年（765）秋，杜甫出蜀东下，途经忠州时，游览禹庙。诗描绘出禹庙凄清荒凉的景色，歌颂了大禹不畏艰险为民造福的精神，含蓄地讽刺了当时社会凋敝不堪的现实，希望统治者能重整山河，实现国泰民安。

②禹庙：在忠州（治所在今四川忠县）岷江边的山崖上。

③橘柚：一作"桔柚"，桔为橘的俗写。《尚书·禹贡》载："厥包桔柚。"意思是说，把桔柚包好，以便进贡。大禹治水后，人民安居乐业，南方的百姓也将丰收的桔柚包好进贡。

④龙蛇：《孟子·滕文公》载，大禹治水时，"掘地而注之海，驱龙蛇而放之菹（zù）"。

⑤四载：《书传》载："水乘舟，路乘车，泥乘橇，山乘樏（léi）。"舟、车、橇、樏四种交通工具被称为四载。

⑥疏凿：凿开山崖，疏通水道。三巴：巴郡、巴东、巴西，这里泛指四川一带。

wàng qín chuān
望 秦 川 ①

lǐ qí ②
李 颀

qín chuān zhāo wàng jiǒng③　　rì chū zhèng dōng fēng
秦 川 朝 望 迥③，　日 出 正 东 峰。

yuǎn jìn shān hé jìng　　wēi yí chéng què chóng④
远 近 山 河 净，　逶 迤 城 阙 重④。

qiū shēng wàn hù zhú　　hán sè wǔ líng sōng
秋 声 万 户 竹，　寒 色 五 陵 松。

kè yǒu guī yú tàn⑤　　qī qí shuāng lù nóng⑥
客 有 归 欤 叹⑤，　凄 其 霜 露 浓⑥。

【注释】

①诗作于唐玄宗开元二十九载（741），李颀弃官后隐居颍阳东川，与王维、高适、王昌龄等人相过往，这首诗写于诗人罢职之后出长安过秦川时。诗描绘出帝都的壮丽与秦川萧瑟的秋景，委婉含蓄的地表达了诗人罢职之后内心的惆怅与苦闷。

②李颀（qí，690?—751?）：赵郡（今河北赵县）人，少年时曾寓居河南登封。唐开元年间中进士第，曾任新乡县尉，久未迁调，后归颍阳嵩山、少室山一带的东川别业，隐居以终。诗长于五古及七言歌行，以写边塞题材为主，风格慷慨悲凉。有《李颀集》。

③秦川：地名，泛指今陕西、甘肃秦岭以北地区。朝望：早晨东望。迥（jiǒng）：远。

④逶迤（wēi yí）：连绵不断的样子。重：重叠。

⑤归欤：回去吧。孔子困陈，有"归欤"之叹。

⑥凄其：寒冷的样子。

同王征君洞庭有怀①
tóng wáng zhēng jūn dòng tíng yǒu huái

张谓②
zhāng wèi

八月洞庭秋，潇湘水北流③。
bā yuè dòng tíng qiū　xiāo xiāng shuǐ běi liú

还家万里梦，为客五更愁。
huán jiā wàn lǐ mèng　wéi kè wǔ gēng chóu

不用开书帙④，偏宜上酒楼⑤。
bù yòng kāi shū zhì　piān yí shàng jiǔ lóu

故人京洛满⑥，何日复同游。
gù rén jīng luò mǎn　hé rì fù tóng yóu

八月洞庭秋，潇湘水北流

【注释】

①诗题一作《同王征君湘中有怀》。诗约作于唐代宗大历二三年（767—768）潭州刺史任上。大历二年（767）诗人任潭州刺史，与元结有往来，颇得其赏识，大历三年（768），张谓入朝为太子左庶子，离开潭州。诗由潇湘北流引发思乡之情，登楼饮酒本为消愁，却触发了往昔宴饮的回忆，徒增愁绪，诗歌生动地写出羁旅之愁。征君：古代对曾受到朝廷征召而不肯做官的隐士的尊称。

②张谓：字正言，怀州河内（今河南沁阳）人，唐代诗人。其诗多五、七言律。清新流畅，趣味盎然。

③潇、湘：湖南二水名，湘江流至零陵县与潇水汇合，北流入洞庭湖。

④书帙（zhì）：书籍。帙，布帛作的包书的套子。

⑤偏宜：最应该。

⑥京洛：京都长安及东都洛阳一带。

dù yáng zǐ jiāng
渡 扬 子 江 ①

dīng xiān zhī
丁 仙 芝 ②

guì jí zhōng liú wàng　　kōng bō liǎng pàn míng
桂 楫 中 流 望 ③，空 波 两 畔 明 。

lín kāi yáng zǐ yì　　shān chū rùn zhōu chéng
林 开 扬 子 驿，山 出 润 州 城 ④。

hǎi jìn biān yīn jìng　　jiāng hán shuò chuī shēng
海 尽 边 阴 静 ⑤，江 寒 朔 吹 生 ⑥。

gèng wén fēng yè xià　　xī lì dù qiū shēng
更 闻 枫 叶 下，淅 沥 度 秋 声 ⑦。

【注释】

①作者一说是孟浩然。诗以"望"字为核心，移步换景，抓住人在船中视角不断变化的特征，描绘出一幅优美的扬子江秋景图，寄予了诗人淡淡的思乡愁绪。扬子江：长江下游，今江苏仪征、镇江、扬州一段的江水。

②丁仙芝：字元祯，润州曲阿（今江苏丹阳）人，生卒年不详。唐玄宗开元十三年（725）擢进士第，后授主簿、余杭县尉等职。丁仙芝颇负诗名，诗风婉丽清新。其诗今存十四首。

③桂楫：桂木做成的船桨，这里指代船。楫，船桨。中流：江中。

④润州：唐代州名，故址在今江苏镇江。

⑤边阴：边地的云气。

⑥朔吹：北风。

⑦淅沥：拟声词，这里指落叶声。度：传送。

yōu zhōu yè yín
幽州夜吟①

zhāng yuè
张 说

liáng fēng chuī yè yǔ　　xiāo sè dòng hán lín
凉 风 吹 夜 雨，　萧 瑟 动 寒 林。

zhèng yǒu gāo táng yàn　　néng wàng chí mù xīn
正 有 高 堂 宴②，　能 忘 迟 暮 心③。

jūn zhōng yí jiàn wǔ　　sài shàng zhòng jiā yīn
军 中 宜 剑 舞，　塞 上 重 笳 音④。

bù zuò biān chéng jiàng　　shuí zhī ēn yù shēn
不 作 边 城 将，　谁 知 恩 遇 深。

【注释】

①诗作于唐玄宗开元六年（718），张说以右羽林将军检校幽州都督时。诗人自开元元年（712）罢相，贬相州，迁荆州长史、幽州都督，久不得还京，心中怨愤不已。这首诗写诗人在幽州任上与边将宴饮，描绘了萧瑟的秋景、凄凉的笳音，抒发了被贬边境后的迟暮之心和宦海浮沉的感慨。幽州：唐代州名，境辖相当于今北京市，治所在今北京大兴区。

②高堂宴：高大的厅堂里摆设的宴席。

③迟暮：岁暮，衰老，晚岁或者事业无成。

④重：注重。笳音：边地吹奏笳管的声音。

图书在版编目(CIP)数据

　　千家诗／张立敏译注. —北京：中华书局，
2012.11
　　（中华蒙学经典）
　　ISBN 978 – 7 – 101– 08836 – 6

　　Ⅰ.千… 　Ⅱ.张… 　　Ⅲ.古典诗歌—诗集—中国
Ⅳ.I222.72

　　中国版本图书馆CIP数据核字（2012）第173165号

书　　　名	千家诗	
译 注 者	张立敏	
丛 书 名	中华蒙学经典	
责任编辑	舒　琴	
出版发行	中华书局	
	（北京市丰台区太平桥西里 38 号 100073）	
	http://www.zhbc.com.cn	
	E-mail:zhbc@zhbc.com.cn	
印　　刷	北京天来印务有限公司	
版　　次	2012年11月北京第1版	
	2012年11月北京第1次印刷	
规　　格	开本/700×1000毫米　1/16	
	印张18　插页2　字数150千字	
印　　数	1–8000册	
国际书号	ISBN 978 – 7 – 101 – 08836 – 6	
定　　价	36.00元